Rebekka Heller (HG.)

Wirklich Wahr

Von großen und kleinen Wundern im Alltag

Rebekka Heller (HG.)

Wirklich wahr

Von großen und kleinen Wundern im Alltag

Bibliografische Information der Deutschen Nationalbibliothek: Die Deutsche Nationalbibliothek verzeichnet diese Publikation in der Deutschen Nationalbibliografie; detaillierte bibliografische Daten sind im Internet über dnb.dnb.de abrufbar.

Umschlaggestaltung: © vannycreates Autorenservice
Druck: epubli - ein Service der neopubli GmbH, Berlin
ISBN 978-3-748520-88-7

Inhalt

Vorwort

Immer wieder stelle ich mir selbst die Frage, wie viel Gott überhaupt in dieser Welt wirkt. Dabei erscheinen meine eigenen Erlebnisse oft bedeutungslos. Trotzdem durfte ich auch schon erleben, dass meine Erlebnisse andere ermutigten oder dass ich durch ihre Erzählungen ermutigt wurde. Dadurch entstand die Idee für dieses Buch.

Du bist eingeladen, dich auf ein Abenteuer einzulassen. In diesem Buch kannst du davon lesen, wie Gott zu Menschen spricht, wie er sie heilt, bewahrt oder ihnen einen bestimmten Auftrag gibt. Gott zeigt sich in den Kleinigkeiten des Alltags, aber auch in Übernatürlichem.

Mein Wunsch ist es, dass du einen Einblick bekommst in das Wirken Gottes und ihn auch in deinem Leben erkennen kannst.

Wegweisung

Immer wieder hilft mir Gott, wenn ich nicht weiß, was ich machen soll. Während meines Freiwilligendienstes in Amerika ist einer meiner Leiter gestorben. Das hat mich sehr mitgenommen, und ich habe mir überlegt, vorzeitig den Dienst abzubrechen. Es war geplant, dass ich ein Jahr in Amerika bleiben werde. Am Anfang habe ich jedoch nur ein Visum für sechs Monate bekommen. Als das Unglück passiert ist, hatte ich mich gerade für eine Verlängerung meines Visums beworben. Das Visum kam aber zurück, weil etwas schiefgelaufen ist. Ich habe darin ein Zeichen Gottes gesehen und bin daraufhin zurück nach Deutschland geflogen. Jetzt kann ich sehen, dass es gut so war.

Ein anderes Mal war ich auf einer Hochzeit eingeladen. Ich war mir unsicher, ob ich hingehen soll, da sie sehr weit entfernt stattfand. Außerdem habe ich nur wenige Leute dort gekannt. Dann hat sich herausgestellt, dass meine Freundin an diesem Tag ihrem Abschluss feiert. Da stand für mich fest, dass ich nicht zur Hochzeit gehen werde.

Valerie, 22

Studentin (Soziale Arbeit)

Gottes Geschenk

Es gab eine Zeit, da haben wir fast alles verloren. Ein Partner meines Mannes hatte viel Geld gestohlen und uns mit hohen Schulden zurückgelassen. Dreimal sollte unser Haus verkauft werden. Aber jedes Mal hat Gott es auf übernatürliche Weise verhindert. Fast ein Jahr lebten wir ohne Elektrizität. Wir haben gelernt, solche Dinge mehr zu schätzen. In dieser Zeit war es Gott, der uns die Kraft gegeben hat, weiter zu machen. Wir haben uns nicht auf unsere Umstände fokussiert, sondern auf Gott. Das hat uns motiviert, uns trotzdem für Bedürftige, Alte und Kinder einzusetzen. Auf wunderbare Weise hat Gott uns immer mit dem versorgt, worum wir ihn gebeten haben. Zu dieser Zeit haben wir auch eine Jugend- und Familiengruppe gestartet, um in unserer Umgebung das Evangelium zu verkündigen. Gott hat uns gelehrt, demütig zu sein. Wir haben Dinge getan, die sonst niemand tun würde. Wir haben Gott versprochen, unser Haus für ihn zur Verfügung zu stellen. Wir haben es „Gottes Geschenk" genannt und wir konnten dadurch schon oft ein Segen sein.

Annum, 63

Direktorin – Südafrika

Wunderkind

Als ich sechs Jahre alt war, wurde bei mir Gelbsucht diagnostiziert. In ein paar Wochen sollte alles wieder gut sein. Stattdessen hat sich meine Situation verschlechtert, und ein Arzt hat mich zum nächsten geschickt, weil keiner wusste, was mit mir nicht stimmte. Eines Tages versagte meine Niere. Schnell war klar, dass ich eine Transplantation brauche, wovon meine Mama als Krankenschwester nicht besonders begeistert war. Sie wusste, dass mein Körper die neue Leber jederzeit abstoßen könnte, und dann würde ich sterben. Zusätzlich müsste ich mein Leben lang Medikamente nehmen. Schweren Herzens entschloss sich meine Mama, das Formular für die Transplantation auszufüllen, aber sie konnte es nicht unterschreiben. Sie sagte dem Arzt, dass Gott ein Wunder tun würde. Die Ärzte haben mir ohne Hoffnung weiterhin Medikamente verabreicht. Auf wundersame Weise und zur Überraschung aller hat mein Körper erstaunlich gut auf die Medikamente reagiert. Bis heute erstaunt mich der Glauben, den meine Mutter in dieser Situation hatte.

Lisa, 22

Datenanalytikerin – Irland

Autofahrt

Nach einem Deutschlandspiel saß ich mit ein paar Freunden im Auto. Wir waren auf dem Weg nach Hause. Gerade als wir abbiegen wollten, hörten wir einen lauten Knall und sahen, wie ein Auto an uns vorbeiflog. Man sah nur das Dach, Funken und einen Autoreifen. Der Fahrer war viel zu schnell unterwegs gewesen. Wären wir nur eine Sekunde früher auf der Straße gewesen, hätte uns das Auto gerammt. Die Fahrerin und ich wären entweder tot oder schwer verletzt gewesen. In diesem Moment war ich einfach nur dankbar, dass wir bewahrt wurden. Außerdem ist mir bewusst geworden, wie schnell das Leben auf der Erde vorbei sein kann. Dieses Erlebnis hat mich ermutigt, mich mehr auf die wichtigen Dinge im Leben zu konzentrieren.

Sophia, 21

Studentin (Grundschullehramt)

Liebe und Treue

Meine Mutter war alleinerziehend und Alkoholikerin. Meine Eltern haben nicht zusammengelebt, und mein Vater hat entschieden, dass ich nicht sein Sohn sei. Sieben Jahre später ist mein Bruder geboren. Da meine Mutter noch immer alkoholabhängig war, hatte sie keine Arbeit und konnte deshalb nicht für uns sorgen. Eines Tages ist sie dann plötzlich verschwunden.

Vor der Schule bin ich arbeiten gegangen, damit mein Bruder und ich etwas zu essen hatten. Irgendwann habe ich einem Sozialarbeiter von unserer Situation erzählt, und er hat uns in ein Waisenhaus gebracht. Im Waisenhaus sind wir zur Gemeinde gegangen. Die Menschen dort hatten so eine Liebe, die ich weder im Waisenhaus noch zuhause erlebt hatte. Ich habe eine Leidenschaft für Gott entwickelt und mich immer mehr in die Gemeinde eingebracht. Ich hatte sogar die Möglichkeit, während des Studiums zu arbeiten. Leider habe ich nie gelernt, mit meinem Geld umgehen, und habe mich auch mit Leuten außerhalb der Gemeinde getroffen, die einen schlechten Einfluss auf mich hatten. Ich musste auch am Wochenende arbeiten und bin deshalb nicht mehr zum Gottesdienst gegangen. Immer weiter habe ich mich von Gott entfernt und bin allmählich alkoholabhängig geworden. Auch mit Rauchen habe ich angefangen, und zwischenzeitlich haben wir wieder bei meiner Mutter gelebt. Mein Pastor hat mich eines Tages wieder in die Gemeinde eingeladen. Ich bin wieder hingegangen und habe beschlossen, mich für eine Jüngerschaftsschule anzumelden. Gott hat mir offenbart, wer er ist in meinem Leben und wie er will, dass ich lebe. Trotzdem gelang es mir nicht, mit dem Alkohol aufzuhören. Ich habe Leute gefragt, ob sie mich finanziell unterstützen können, damit ich in die Mission gehen kann. Aber auch das Geld habe ich vertrunken. Irgendwann habe ich gemerkt, dass ich da allein nicht herauskomme, und habe mir Hilfe geholt. Ich bin zu einer Reha gegangen, und dort hat mir Gott gezeigt, dass er immer treu war, auch wenn ich ihm untreu war. Während dieser Zeit ist mir bewusst geworden, wie es vielleicht zu dem Alkoholproblem gekommen ist. Beispielsweise hat meine kaputte Familiensituation dazu geführt, dass ich mich danach gesehnt habe, akzeptiert zu werden.

Jetzt arbeite ich bei *Jugend mit einer Mission*, bei der ich meine Jüngerschaftsschule gemacht habe, und studiere nebenher. In Zukunft möchte ich anderen helfen, die aus einem ähnlichen Hintergrund kommen.

Thobelani, 30

Student (*Community Counseling) – Südafrika*

Guter Plan

Manchmal gibt es Tage, an denen einfach alles schief geht. Trotzdem merke ich immer wieder – vielleicht ein paar Tage später, dass – egal was passiert – immer ein guter Plan dahinter steckt. Gott sorgt für mich jeden Tag!

Mattis, 17

Schüler

Die Brücke

Eines Tages hatte ich einen Traum, den ich nie vergessen werde. Ich habe damals eine sehr schwere Zeit durchgemacht und Gott für meine Umstände verantwortlich gemacht. Menschen haben versucht, mich runterzuziehen und mir einzureden, dass ihr Verhalten richtig sei. Es ging so weit, dass ich mich selbst fast kaputtgemacht hätte. Dann hatte ich einen Traum, in dem ich über eine sehr lange Brücke ging. Als ich zurückwollte, habe ich gesehen, dass die Brücke kaputt war und ich nicht zurückgehen konnte. Gerade als ich verzweifelte, wurde die Brücke wieder ganz. Am Ende der Brücke sah ich einen Mann stehen und wusste, dass es Jesus war. Ich konnte ihn nicht richtig sehen, aber ich habe ihn gespürt. Für mich war das ein Zeichen. Auch in unseren schlimmsten Umständen können wir immer auf Jesus vertrauen. Er wird uns trösten und unser Herz heilen. Der Traum hat mich durch mein Leben begleitet und mir immer wieder Hoffnung gegeben, dass alles gut wird, wenn wir Gott vertrauen. Heute habe ich neue Freunde und einen Beruf, der mir super viel Spaß macht.

Anni, 21

Erzieherin

Heilung der Herzen

Schon seit der Schulzeit bin ich politisch sehr interessiert. Als in den Nachrichten vom Krieg in Syrien berichtet wurde, hatte ich das innere Bedürfnis, etwas dagegen zu tun. Im Jahr drauf wurde ich Mitglied einer politischen Partei. Kurze Zeit später wurde ich ermutigt, mich in den Vorstand des Kreisverbandes wählen zu lassen. In einer Vorstellungsrede teilte ich den anwesenden Mitgliedern mit, dass ich bewusst christliche Werte in die Partei einbringen möchte. Die Wahl erfolgte mit großer Mehrheit. Als Folge gibt es hin und wieder vor den Vorstandssitzungen eine kurze Andacht und ein Gebet. Sogar in der Landtagsfraktion konnte ich mit einem Kollegen eine Andacht über die Jahreslosung machen und anschließend im Gebet Gottes Segen zusprechen. Es gab sogar positive Rückmeldungen. Als Christ ist es mir wichtig, ein authentisches Leben in Christus zu leben. Bedingungslose Vergebungsbereitschaft ist dabei ein Schlüssel. Mir ist bewusst geworden, dass Jesus unsere Sünden vergeben und Heilung für das ganze Land bringen will. Heilung der Herzen sehe ich als meine Berufung.

Bernd, 56

Wirtschaftsinformatiker

Vorbild

Obwohl ich streng katholisch aufgewachsen bin, habe ich oft an Gott und mir selbst gezweifelt. In vielen Bereichen hatte ich andere Überzeugungen als meine Familie, was immer wieder zu Konflikten führte. Eines Tages wurde bei meiner Mama Brustkrebs diagnostiziert. Sie hat sehr gekämpft und den Krebs besiegt, aber er ist zurückgekommen. Dazu kamen Probleme im Studium, die Trennung von meinem damaligen Freund und ein schlechter Einfluss durch meinen Freundeskreis. Ich war am Tiefpunkt meines Lebens angekommen. Als meine Mama merkte, dass ich mich immer mehr vom Glauben entferne, hat sie angefangen, für meine Befreiung zu beten. Ich hatte dann auch ein übernatürliches Erlebnis, das mich zurück zu Gott gebracht hat. Es war, als habe der Heilige Geist einfach meine Augen geöffnet. Vieles war plötzlich klarer für mich, und ich habe viel Wahrheit in der Bibel entdeckt. Ich habe mich ganz neu für ein Leben mit Jesus entschieden, was die beste Erfahrung meines Lebens ist. Von diesem Tag an war ich ein komplett neuer Mensch. Meine Mama hat nie aufgehört zu beten, war voller Liebe und sehr großzügig. Für mich war sie ein lebendes Beispiel für eine treue Christin.

Divin, 23

Studentin *(Wirtschaft)* – Nigeria

Lobpreisabend

Während einer Freizeit hatten wir einen Lobpreisabend mit verschiedenen Stationen. Während der Freizeit leitete ich die Küche und versuchte, einmal zur Ruhe zu kommen. Das klappte auch, aber nur teilweise. Da war diese Sehnsucht, einfach mal alles abzugeben und durchatmen zu können. Ich wünschte mir, dass mich jemand in den Arm nehmen würde, und bat Gott, meine Bedürfnisse zu erfüllen. Ich wusste, nur mit seiner Hilfe war ich in der Lage, wieder vollen Einsatz zu geben. Später setzte sich eine Freundin neben mich und legte ihren Arm um mich. Sofort wurde ich auch innerlich ruhig. Nach einer Weile fiel mir ein Mädchen im Raum auf, das eine soziale Phobie hatte. Sie vertraute mir ein wenig, und ich wusste, dass sie sich das gleiche wünschte, was sie bei mir und meiner Freundin gerade sah. Ich wusste, ich sollte zu ihr hingehen, aber diskutierte erst einmal mit Gott. Dann bat ich Gott, mich zu ihr zu schieben. In diesem Moment gab mir meine Freundin einen kleinen Schubs, und ich wusste, es war Zeit zu gehen. Ich legte meinen Arm um das Mädchen und sie fing an, mit mir zu reden.

Damaris, 24

Studentin (*Ernährungswissenschaften*)

Zuhörer

Es war ein langer Prozess, bis es mir möglich war, nach Deutschland zu kommen. Anfangs hatte ich viel Heimweh, und bei meiner Gastfamilie hat es mir nicht gefallen. Es gab oft Streit, und auch zu mir war die Familie unfreundlich. Irgendwann wollte ich nicht mehr dort wohnen und beschloss, zurück nach Vietnam zu gehen. Ich wusste aber, dass es keinen Sinn machen würde, da meine beruflichen Chancen in Deutschland besser sind. Mit meiner Tante und meinem Onkel habe ich über mein Problem gesprochen und sie haben mich ermutigt, Gott zu fragen und zu beten. Es war klar, dass es auch sehr schwierig sein würde, eine neue Gastfamilie zu finden. Die neue Familie könnte sehr weit weg wohnen, und es könnte bis zu einem Jahr dauern. Trotzdem habe ich um eine neue Gastfamilie gebetet. In nur zwei Tagen haben wir drei potenzielle Gastfamilien gefunden. Mit Gottes Hilfe habe ich eine davon ausgesucht und wurde mit einer tollen Familie gesegnet. Ich bin sogar noch ein Jahr länger als geplant bei ihnen geblieben.

Linh, 23

Restaurantfachfrau – Vietnam

Freude im Leid

Es gab einen Punkt in meinem Leben, da stand ich kurz vor dem Selbstmord. Apathie, seelischer Schmerz und Hoffnungslosigkeit haben mein Leben bestimmt. Den Tod sah ich als einzigen Ausweg. Ich bin christlich aufgewachsen. Es war normal für mich, zur Gemeinde zu gehen. Ab und zu habe ich gebetet und in der Bibel gelesen, aber ich hatte keine richtige Beziehung zu Gott. Irgendwann habe ich bemerkt, dass es so nicht weiter geht. Ich wollte mich nicht Christ nennen, wenn ich nur wenig Kontakt mit Gott habe und ihn selten spüre oder sein Wirken sehe. Deshalb beschloss ich, dass sich etwas ändern musste. Mir wurde bewusst, dass ich meinen Lebensstil ändern müsste, wenn ich Gott mehr erleben und spüren wollte. Ich habe mich darauf eingelassen, und meine Beziehung mit Gott wurde immer intensiver. Aber in allen anderen Dingen wünschte ich mir immer noch den Tod. Immer wieder brachte ich mein Leid vor Gott, und es begann eine allmähliche Veränderung. Am Anfang konnte ich sie noch nicht erkennen, aber heute sehe ich, wie Gott in meinem Leben gewirkt hat. Er hat mir Freunde geschickt, die meine Lage erkannt haben und denen ich mich öffnen konnte. Die Menschen in meinem Umfeld haben mir geholfen, und ich habe zudem professionelle Hilfe bekommen. Bei mir wurde eine schwere Depression diagnostiziert. Trotzdem war ich erleichtert, da ich endlich wusste, was los war. Nach der Diagnose verbrachte ich viel Zeit im Gebet und mit Lesen der Bibel. Ich habe Gott gesagt, dass ich predigen würde, wenn er mir wieder Freude schenkt. Das war so ziemlich die einzige Tätigkeit, für die ich mir eine Zukunft vorstellen konnte. Drei Tage später erhörte Gott mein Gebet. Die Bibel sagt uns, dass wir Gott für alles danken sollen (1. Thessalonicher 5,18). Daraufhin habe ich Gott für meine Depression gedankt. Plötzlich verspürte ich so eine Freude und eine tiefe Gewissheit, die ich bis dahin noch nie erlebt hatte. Diese Freude hat mich durch alle weiteren Angriffe der Depression getragen. Heute kann ich sagen, dass Christus mein Leben ist. Ohne ihn wäre ich geistig, seelisch und körperlich tot. Mittlerweile bin ich komplett von meiner Depression geheilt und habe gelernt, alle negativen Gedanken der Krankheit mit der Bibel zu widerlegen. Ich bin auf dem Weg in den vollzeitlichen Dienst, denn Jesus Christus ist der Weg, die Wahrheit und das Leben. Darum soll es in meinem Leben gehen.

Sara, 17

Schülerin

Herzenstür aufmachen

Als ich 11 war, sind wir nach England gezogen. Ich bin christlich aufgewachsen, bin dort aber in einen Freundeskreis gekommen, in dem die Leute Drogen genommen haben. Es hat nicht lange gedauert, bis ich auch damit angefangen habe. In dieser Zeit habe ich sehr daran gezweifelt, ob es Gott überhaupt gibt, und hatte irgendwann nichts mehr mit der Gemeinde zu tun. Als ich 16 war, wurde bei meiner Mutter Parkinson diagnostiziert. Das hat dazu geführt, dass ich noch mehr an Gott gezweifelt habe. Ich habe täglich Drogen genommen und mich mehrmals in der Woche betrunken. Mit 18 bin ich dann wieder nach Deutschland gezogen, um dort meine Ausbildung zu machen. Dort bin ich wieder mit alten Schulfreunden in Kontakt gekommen. Die haben mich dann auch wieder mit in den Jugendgottesdienst genommen. Ich habe dann auch selbst angefangen, eine Jungschargruppe zu leiten. Aber nur um anderen zu gefallen und nicht wirklich, weil ich an Gott geglaubt habe. Unter anderem wegen der Krankheit meiner Mutter wurde ich depressiv. Ich habe mich immer noch regelmäßig am Wochenende betrunken und auch wieder angefangen, Drogen zu nehmen. Als ich meine Ausbildung beendet hatte, sagte mir mein Ausbildungschef, dass ich die falsche Ausbildung gewählt hatte und er mich deshalb nicht übernehmen werde. Zu dieser Zeit war ich auf einer Jugendfreizeit. Ein Bibelvers hat mich dort besonders angesprochen. Dort steht, dass Jesus vor deiner Tür steht und darauf wartet, dass du ihm aufmachst (Offenbarung 3,20).

Kurzzeitig hatte ich zwei Arbeitsstellen, aber auch dort wurde mir gesagt, ich hätte den falschen Beruf gewählt. Meine Depression wurde schlimmer und ich fing an, Selbstmordgedanken zu haben. Eines Abends war ich wieder im Jugendgottesdienst. Als ich im Lobpreis saß und komplett am Ende war, fiel mir der Bibelvers ein. Ich habe zu Jesus gesagt, dass ich meine Tür öffne, wenn es ihn wirklich gibt. In diesem Moment ist ein Licht in mein Herz gekommen, und die Depression war verschwunden. Es war, als werde ein schweres Gewicht von meinen Schultern genommen. Ich habe mich angenommen und geliebt gefühlt. Seit diesem Moment weiß ich, dass es Jesus wirklich gibt. Daraufhin habe ich ein halbes Jahr investiert, um mit anderen mehr über Gott und das Leben als Christ zu lernen. Dabei durfte ich gute Freunde finden und habe begriffen, dass ich Gott komplett vertrauen kann und dass er wahrhaftige Freiheit schenkt, wenn wir ihm die Kontrolle überlassen. Seine Pläne für mich sind viel besser und erfüllender als meine eigenen.

Tim, 23

Schreiner

Berufswechsel

Schon länger stand für mich fest, dass ich mal als Ingenieur arbeiten würde. Kurz vor Erhalt eines wichtigen Ergebnisses im Studium betete ich, dass Gott mich durchfallen lassen sollte, wenn er mich in Zukunft in einer anderen Laufbahn sähe. Ich bin dann auch durchgefallen, habe aber trotzdem beschlossen, meinen Bachelor fertig zu machen. Eines Tages kam ein Pastor zu mir. Er hatte den Eindruck, dass Gott mich fragt, ob ich bereit sei, meinen Beruf zu wechseln. Ich beschloss, diese Frage mit Ja zu beantworten. Nachdem ich viel Zeit im Gebet verbracht hatte, kam ich zu der Entscheidung, mich für eine Schule der Bethel Church in Kalifornien zu bewerben. Meine Entscheidung wurde auch dadurch bestätigt, dass ich mein Visum bekommen habe, obwohl man normalerweise nachweisen muss, dass man bereits alle Finanzen zusammen hat. Bei einer von zwei potentiellen Schulen war dann bereits eine Anzahlung fällig, bevor die Zusage von der anderen kam. Genau darum hatte ich Gott zuvor gebeten.

Chris, 25

Maschinenbauer

Vergebung

Nach der Trennung von meinem Ex-Freund kam dieser nach ein paar Monaten mit einer damaligen Freundin von mir zusammen. Ich war sehr verletzt und habe mich von ihr verraten gefühlt. Unsere Freundschaft ging in die Brüche, und wir haben nicht mehr miteinander geredet. Ich habe lange gebraucht, bis ich ihr vergeben konnte, hatte ihr das aber nie gesagt. Zwei Jahre später heiratete die Schwester meines Ex-Freundes. Ich wusste, dass meine damalige Freundin auch dort sein würde. Als ich am Bahnhof umsteigen musste, sagte ich zu Gott, dass ich ihr gerne sagen würde, dass ich ihr vergeben habe. Gerade als ich die Treppe heruntergehen wollte, sah ich, wie sie die Treppe hochkam. Zuerst war es kein außergewöhnlicher Moment, aber dann hatte unser Anschlusszug eine Stunde Verspätung. Es war eine sehr heilsame Begegnung mit ihr. Das hat mir bewusst gemacht, dass es bei Gott kein zu spät gibt, damit Vergebung ausgesprochen werden kann.

Hanna, 23

Gemeindereferentin

Diakonisse

Als ich zwölf Jahre alt war, beschäftigte sich meine Schwester mit ihrer Berufswahl. Ich machte einfach alle ihre Programme zur Berufsfindung mit. Dabei stand für mich zum ersten Mal die Frage im Raum: „Was ist, wenn Gott will, dass ich Diakonisse werde?“. Seit ich denken kann, gehören Diakonissen zu meinem Leben, weil sie in unserer Gemeinde arbeiteten. In den folgenden Jahren gab es zwei Momente, in denen ich daran erinnert wurde und mich gefragt habe, ob Gott mich beruft. Meine endgültige Berufung bekam ich, als ich 18 Jahre alt war. Während einer Predigt zum Thema „Mitarbeiterschaft“ wurde ich wieder daran erinnert. Jedoch habe ich 2 Wochen lang mit Gott über alles Mögliche geredet, ihm aber nicht die Möglichkeit gegeben, das zu sagen, was er wollte. Ich wollte seinen Auftrag an mich einfach nicht hören. Als ich dann aber nicht einmal mehr einschlafen konnte, habe ich nachgegeben. Daraufhin hat Gott mir gesagt, dass er will, dass ich Diakonisse werde. Ich bin erstmal in Tränen ausgebrochen, da ich den Wunsch nach Partnerschaft und Familie hatte. Gott hat mir aber im Anschluss eine Idee für ein Aufgabenfeld und Frieden mit diesem Gedanken gegeben. Die nachfolgende Zeit war geprägt von Gebeten, Gesprächen, Sicherheit und Klarheit, aber auch von Zweifeln und Unsicherheit. Viele kleine Puzzleteile haben sich letztendlich zusammengefügt. Zu irgendeinem Zeitpunkt war klar: Wenn ich diesen Weg nicht gehe, nehme ich Segen von meinem Leben. Und ich wusste, ich will Gott gehorsam sein und ihm von ganzem Herzen dienen. Während meiner „Schnupperzeit“ im Mutterhaus habe ich mir ein Bibelwort von Gott erbeten. Er gab mir: „Du aber geh deinen Weg bis zum Ende, dein Erbe wird dir zuteilwerden.“ (Daniel 12,13) Meinem Eintritt ins Mutterhaus folgte eine spannende Zeit. Aus dem Weg des Gehorsams war ein Weg der Freude geworden. Ich lernte die Schwesternschaft als starke Gemeinschaft kennen, die mich im Gebet trägt. Natürlich gab es für mich auch immer wieder Kämpfe und Momente, in denen ich dachte, dass alles einfacher wäre, wenn ich wieder weggehen würde. Aber ich hatte mich entschieden, mich mit ganzem Herzen auf Gott zu verlassen, ihm und meinen Schwestern zuliebe – und dabei bleibe ich bis heute. Ich bin voller Dankbarkeit, dass ich Diakonisse sein darf. Während meiner Zeit als Diakonisse hatte ich sogar die Möglichkeit, ein Auslandsjahr in Taiwan zu machen, was ich ohne die Rückendeckung meiner Schwestern nie gewagt hätte.

Hanna, 33

Heilpädagogin

Kontrolle abgeben

Für ein paar Jahre habe ich eine Gruppe von Freiwilligen in Alaska geleitet. Die Organisation dahinter unterstützt mehrere solcher Gruppen in verschiedenen Bundesstaaten. Eines Tages habe ich erfahren, dass die Leiter von Mississippi in einen Autounfall verwickelt waren und die Frau ums Leben gekommen ist. Damit verbunden war die Frage, ob ich mir vorstellen könne, für den Rest des Jahres die Leitung dort zu übernehmen. Ich war sehr traurig über den Verlust der Freundin und habe mir Gedanken gemacht, wie es mit der Gruppe weitergehen wird. Auf dem Weg nach Hause habe ich zu Gott gesagt, dass ich seine Hilfe brauchte, da ich die Entscheidung nicht allein treffen könne. Dann habe ich einen Regenbogen gesehen und das als Versprechen genommen, dass alles gut werden wird. Ein paar Tage später hat mich die Leiterin der Organisation noch einmal auf die Frage angesprochen. Da wurde mir erst richtig bewusst, dass ich wirklich eine Entscheidung treffen musste. Ich habe gern alles unter Kontrolle, und plötzlich hatte ich das Gefühl, dass alles aus den Fugen gerät. Ich hatte schon so viele Pläne gemacht, die ich ungern aufgeben wollte. Gerade hatte ich beschlossen, langfristig in Alaska zu bleiben. Ich hatte mich bei einem Chor angemeldet, stand bei meiner Arbeit kurz vor der Beförderung und habe sogar davon geträumt, mein eigenes Haus zu kaufen und Zimmer zu vermieten.

Ich habe für mich selbst keine Vorteile bei dieser Entscheidung gesehen. Immer hatte ich nur den Verlust vor Augen. Noch nie hatte ich etwas so Selbstloses getan. Ich wollte nicht gehen, aber Gott hatte einen Weg für mich vorbereitet. Zwei Wochen zuvor war ich für einen Marathon in Mississippi. Der Marathon wurde abgesagt, aber ich hatte bereits die Freiwilligen kennengelernt und mich erstaunlich gut mit ihnen verstanden. Ich hatte das Gefühl, dass Gott mich lehren will, meinen eigenen Willen ihm unterzuordnen. Außerdem wurde ich daran erinnert, dass es nicht darum geht, was ich will, sondern wo Gott mich gebrauchen will. Zudem musste ich in wenigen Tagen ausziehen, womit meine Wohnungssituation geklärt wäre. Ich habe mich ziemlich unsicher gefühlt, aber trotzdem auf Gott vertraut. Ich konnte lernen, meinen Stolz abzulegen und offen für das zu sein, was Gott will. Vier Monate war ich dann in Mississippi. Ich konnte die Menschen vor Ort in Vielem unterstützen, habe gute Freunde und eine Arbeitsstelle gefunden. Ich durfte in dieser Zeit viel lernen. Auch wenn es schwierig für mich war, würde ich es wieder tun.

Renee, 38

Managerin im Einzelhandel – USA

Leidenschaft

In der Organisation, bei der ich arbeite, bin ich vor allem für die Musik zuständig. Ich bin Gott sehr dankbar, dass er mir die Möglichkeit gegeben hat, das zu tun, wofür mein Herz schlägt. Nicht nur meiner Leidenschaft kann ich nachgehen, sondern diese auch noch für das Reich Gottes einsetzen. Immer wieder bekomme ich Gelegenheiten, mich auch mit anderen Musikern auszutauschen und weiterzubilden. Insbesondere für größere Veranstaltungen kann es sehr hilfreich sein zu wissen, wie die für die Musik entscheidende Technik funktioniert. Auch in meiner Gemeinde konnte ich ein Musikteam zusammenstellen, das an verschiedenen Orten aufgetreten ist. Dadurch konnten wir Menschen erreichen, die Gott noch nicht kennen. Darüber hinaus erlebe ich auch, wie Gott mich immer rechtzeitig mit dem versorgt, was ich brauche. Für die Liedproduktion habe ich einen neuen Laptop benötigt und diesen zur rechten Zeit bekommen. Ab und zu muss ich auch weitere Strecken zurücklegen. Dabei darf ich immer wieder erfahren, wie Gott Kontakte entstehen lässt oder andere Wege findet, um mich recht unkompliziert von einem Ort zum anderen zu bringen.

Martin-John, 33

Missionar – Südafrika

Kindheitstrauma

Aufgrund einer Operation musste ich mehrere Tage im Krankenhaus bleiben. In dieser Zeit habe ich mich mit einem Buch über die Offenbarung befasst. Darin wurden verschiedene Lieder beschrieben, die ich mit der Zeit verinnerlicht habe und die mich durch meine schweren Tage getragen haben. Die Lieder handeln davon, dass Jesus sich für uns hingegeben hat und für unsere Sünden gestorben ist. Ich habe Jesus mein Leben neu gegeben und dabei ist mir selbst eine Sünde bewusst geworden, die ich lange verdrängt hatte. Ich begann zu weinen und merkte, wie sich etwas in mir veränderte und Gott punktgenau an mir arbeitete. Ich habe die Sünde vor Gott bekannt und gemerkt, dass ich nicht mehr so verzweifelt war. Ein paar Nächte später bin ich mit großen Schmerzen aufgewacht. Alles in mir hat sich wund angefühlt. Dazu kam ein Zusammenstoß mit der Nachtschwester, die mich ausschimpfte, da ich sie erschreckt hatte. Das hat dazu geführt, dass sich ein Kindheitstrauma, das mir zuvor nie bewusst war, gelöst hat. In diesem entsetzlichen körperlichen und seelischen Schmerz von Verlassenheit und Erschütterung hat Gott mich an Worte erinnert, die er mir bereits vor 24 Jahren gegeben hatte. Damals war ich aufgrund einer Kehlkopfentzündung zum Schweigen verurteilt. Plötzlich hatte ich ganze Gedichte im Kopf, die ich aufschrieb und die mir gezeigt haben, wo ich ohne Gottes Liebe gelandet wäre. Daran wurde ich jetzt wieder erinnert, und seine Liebe half mir, dass sich auch der letzte Rest des Traumas lösen konnte. Erschöpfung und Traurigkeit breiteten sich in mir aus. Ich schaltete das Radio ein und wurde wieder durch ein Lied ermutigt. Die nächsten Tage war ich Gott ganz nahe. Vergangenheit und Gegenwart meines Lebens schienen sich so langsam in meinem Kopf zusammenzufügen. Nachdem ich wieder zuhause war, hatte ich ein Gespräch mit unserem Pastor. Ich konnte all das, was gewesen war, noch einmal aussprechen und erlebte dadurch eine körperliche und geistige Befreiung. Danach konnte ich zum ersten Mal wieder richtig gut schlafen. Gottes Nähe und Fürsorge trägt mich auch heute noch im Alltag, und ich erlebe, dass er weiter an mir und meinem Charakter arbeitet. Immer wieder höre ich Lieder im Radio, die genau meine Situation ansprechen, und ich habe jetzt eine innere Ruhe, die mich weiterträgt.

Mina, 62

Pflegeassistentin

Vertrauen

Es war spät abends, als ich mit dem Auto nach Hause fuhr. Plötzlich bin ich auf nassen Straßenbahnschienen ins Rutschen gekommen. Ich habe mich erschreckt, ruckartig gegengelenkt und bin dadurch ins Schleudern gekommen. Das hat dazu geführt, dass ich gegen ein parkendes Auto gestoßen bin. Es war echt ein Wunder, dass niemand verletzt wurde. Meine Beifahrerin und ich hatten nicht mal eine Schramme! Trotzdem war ich von dem Unfall ziemlich geschockt. Seit ich meinen Führerschein hatte, habe ich oft gebetet, dass mir kein Unfall passieren möge. Wobei ich ein paar Tage zuvor zu Gott gesagt hatte, dass ein Unfall ok wäre, wenn es sein Wille sei. In der Situation war ich überwältigt und fing an mich zu fragen, ob Beten überhaupt etwas bringt und ob es Gott wirklich gibt. Ich habe Gott gebeten, mir einen Beweis für seine Existenz zu geben. Als ich am nächsten Morgen meine Bibel aufschlug, stieß ich auf eine andere Stelle, als die, die ich eigentlich lesen wollte. Dort sagt Jesus, dass wir uns durch nichts in unserem Glauben erschüttern lassen und ihm vertrauen sollen (Joh. 14,1).

Debora, 22

Studentin (*Jura)*

Gebetserhörung

Meine Kindheit war geprägt von Furcht gegenüber meinem Vater. Er war streng praktizierender Moslem und meine Mutter Christin. Für meinen Vater war klar, dass die Kinder muslimisch erzogen werden, und er schränkte unser Leben sehr ein. Er drohte meiner Mutter, uns in sein Heimatland zu verschleppen, wenn sie die Scheidung einreichen würde. Also blieb sie bei ihm. Sie entschied sich aber, uns heimlich von Jesus zu erzählen und mit uns zu beten. Allerdings war der Preis dafür, dass wir ständig lügen mussten. Wir wussten, dass Lügen vor Gott Sünde sind, aber in diesem Kontext musste es leider sein. Meine Geschwister und ich gaben unser Leben Jesus und ließen uns heimlich taufen. Ich betete, dass ich in Freiheit leben und zu meinem Glauben stehen kann, ohne Angst vor meinem Vater haben zu müssen. Irgendwann entschieden meine Eltern, dass es so nicht mehr weitergehen könne und ließen sich scheiden. Wir machten uns auf das Schlimmste gefasst und suchten das Gespräch mit unserem Vater. Jeder von uns sagte ihm, was ihm wichtig war, und wir gestanden unsere Lügen. Ab da ließ er uns deutlich spüren, dass wir für ihn nun weniger wert waren. Zwei Jahre später ging mein Vater zurück in sein Heimatland. Ich wendete mich von Gott ab und verlor immer mehr meinen Glauben. Kurz vor dem Studium ermutigte mich meine Mutter, wieder mal in die Gemeinde zu gehen. Zu dieser Zeit hatte ich nur nichtchristliche Freunde und führte ein sündiges Leben. Dazu kam, dass ich den Suizid meines Bruders verarbeiten musste. In der Gemeinde lernte ich eine Frau kennen, die im gleichen Wohnheim wohnte und merkte, dass ich auf der Suche war. Wir haben uns daraufhin regelmäßig zum Bibellesen und Beten getroffen, und ich habe mich erneut für Jesus entschieden. Mit der Zeit habe ich mich bewusst von meinem damaligen Lebensstil abgewandt und durfte Gott als meinen Versorger kennenlernen. Ich bin Gott so dankbar dafür, wie er mein Leben geleitet hat. Mittlerweile hat er mein Gebet erhört. Ich habe Kontakt mit meinem Vater und darf in absoluter Freiheit leben. Ich konnte meinem Vater vergeben, auch wenn er bis heute nicht einsieht, was er uns angetan hat. Ich habe in Gott einen Vater gewonnen, der perfekt ist, der bedingungslos liebt und den man hier auf Erden niemals finden kann. Er heilt alle Wunden und macht mich frei. Er hat mir die nötige Kraft geschenkt, all das hinter mir lassen zu können. Er hat mir Menschen und Situationen geschenkt, die mich wieder näher zu ihm gebracht haben. Ich bin ein befreites und glückliches Kind Gottes!

Michal, 24

Sozialarbeiterin

Der Zehnte

Durch meine Erziehung war ich nicht damit vertraut, Gott den zehnten Teil meines Einkommens zu geben. Darüber zu reden war mir unangenehm. Nachdem mein Mann und ich ein paar Jahre verheiratet waren, hatten wir finanzielle Probleme. Er musste teilweise sechs Tage die Woche zwölf Stunden arbeiten. Das hat gerade so gereicht, um die Rechnungen zu bezahlen. Wir haben gespart, wo es nur ging. Zu dieser Zeit sind wir auch in keine Gemeinde gegangen, da mein Mann am Wochenende arbeiten musste. Mit zwei kleinen Kindern im Schlepptau wollte ich auch nicht allein in eine Gemeinde gehen. Also haben wir angefangen zu beten, dass sich die Arbeitszeiten meines Mannes ändern, damit wir gemeinsam in eine Gemeinde gehen können. Außerdem haben wir angefangen, Gott den Zehnten zu geben. Eine Freundin hatte uns herausgefordert, Gott in diesem Bereich zu vertrauen. Etwa zwei Monate später bekam mein Mann einen Anruf, dass er eine neue Stelle innerhalb der Firma übernehmen könne. Er hat sogar das Doppelte verdient und am Wochenende frei gehabt. In die erste Gemeinde, die wir uns angeguckt haben, gehen wir jetzt schon seit 12 Jahren.

Jane, 33

Hausfrau – USA

Beziehung

Die Beziehung zu meinem damaligen Freund war sehr schwierig, weshalb ich sie beendet habe. Danach war es immer noch sehr schwer für mich, und ich hatte mit Gefühlen der Wertlosigkeit zu kämpfen. Oft hatte ich Alpträume und habe mich immer wieder gefragt, warum ich das alles durchmachen muss. Dann habe ich angefangen, ganz viel Zeit allein mit Gott zu verbringen. Das hat mich verändert, weil ich immer mehr meine Identität in ihm gefunden habe. Ich habe eine neue Hoffnung und Hunger nach mehr von Gott bekommen. Ein halbes Jahr später hat ein Mann während eines Jugendgottesdienstes für mich gebetet. Er wusste nicht, wie es mir ging und hat nur Gutes über mich gesagt und prophezeit, dass ich prophetische Träume haben würde. Ab diesem Zeitpunkt hatte ich keine Alpträume mehr und Freude und Freiheit haben mein Leben bestimmt. Zwei Jahre später hat mich Gott noch mit einem neuen Freund beschenkt, und ich durfte erfahren, was es heißt, eine gute, in Gott fundierte Beziehung zu haben. Ich habe gelernt, dass Gott es immer gut mit mir meint und ich ihm mein Leben anvertrauen kann.

Marina, 24

Elektroingenieurin

Ganz viel Mut

Es bricht mir das Herz, wenn ich daran denke, wie viele Menschen nichts von Gott wissen oder von ihm wissen wollen. Schon als Kind war es mein größter Wunsch, dass alle Menschen Jesus kennenlernen und in Beziehung zu ihm kommen. Das Problem war aber, dass ich Angst hatte. Ich hatte Angst, mit Leuten zu reden – vor allem wenn ich sie nicht kannte. Ich war sehr schüchtern, und mein Selbstwertgefühl war zeitweise kaum vorhanden. Trotzdem hat mein Herz so dafür gebrannt, dass Menschen erkennen, wie sehr Gott sie liebt. Deshalb habe ich viel gebetet. Ich betete für Gelegenheiten, in denen ich von Jesus erzählen kann, für gute Gespräche und für ganz viel Mut. Nachdem ich mich hatte taufen lassen, wurde mir auch von anderen bestätigt, dass ich die Berufung hätte, von Gott zu erzählen. Trotzdem schien es unmöglich zu sein. Es war schon schwierig für mich, mit Freunden über meinen Glauben zu reden. Einem Fremden davon zu erzählen, schien undenkbar. Aber Gott hat mich in den Jahren darauf immer mehr verändert. Meine Beziehung zu ihm wurde immer mehr gestärkt. Er hat mich in vielen Bereichen wachsen lassen, und ich habe auch immer mehr gelernt, mich selbst anzunehmen. Gott hat mir Situationen geschenkt, in denen ich von ihm erzählen konnte und ich fühlte, wie er durch mich spricht. Dadurch wurde ich auch selbst immer neu motiviert. Als ich für mein Studium umgezogen bin, habe ich Leute kennengelernt, die regelmäßig auf die Straße gehen, um Menschen von Jesus zu erzählen. Ich bin mitgegangen, um das zu lernen und darin zu wachsen. Es war eine sehr große Herausforderung für mich, da meine bisherigen Erfahrungen weniger ermutigend gewesen waren. Teilweise war mir schon am Abend vorher schlecht vor Angst. Gleichzeitig habe ich mich auch völlig unfähig gefühlt. Trotzdem durfte ich erleben, dass es nicht auf meine Kraft ankommt, sondern dass Gott durch mich wirken kann. Ich habe mich ihm einfach zur Verfügung gestellt und mich von ihm gebrauchen lassen. Stück für Stück hat er mir meine Angst genommen und mir immer mehr Freiheit geschenkt. Heute kann ich frei davon reden, was ich mache und wer Jesus für mich ist. Dabei macht es keinen Unterschied mehr, ob ich mit Freunden, Menschen in meinem Umfeld oder ganz Fremden rede. Nur noch selten verspüre ich Angst, habe sogar Spaß dabei. Ich weiß aber auch, dass Gott noch nicht fertig mit mir ist und es noch viel Potenzial gibt. Gott ist groß und gut. Er verändert und macht uns frei. Mit ihm können wir alles tun, und er kann Unmögliches möglich machen.

Janina, 25

Ernährungsberaterin

Hundegebell

Eines Abends lag ich in meinem Bett und bekam plötzlich keine Luft mehr. Meine Eltern und mein Bruder haben schon geschlafen. Ich geriet in Panik, da ich bei einem Asthmaanfall keine Kraft habe und jemand brauche, der mir mein Spray schüttelt. Mir flossen schon die Tränen über die Wangen, aber ich beschloss, dass das nicht das Ende sein wird. Ich stand vom Bett auf, konnte mich aber nicht halten und fiel auf den Boden. Das Hochziehen an der Tür nahm mir die letzte Kraft. Ich hustete Blut und fing an, um mich zu schlagen, um laute Geräusche zu erzeugen. In diesem Moment konnte ich nur noch in Gedanken beten, da ich keine Luft mehr bekam und mich niemand hörte. Doch plötzlich fing mein Hund im Schlafzimmer meiner Eltern an zu bellen. Ich hatte ihn noch nie so laut gehört! Als ich hörte, wie meine Mutter aufstand, habe ich mit letzter Kraft um mich geschlagen. Sekunden später war sie bei mir und konnte mir helfen. Ich lasse mich von meiner Krankheit nicht beeinflussen, weil ich weiß, dass Gott bei mir ist und mir hilft.

Noemi, 14

Schülerin

Versöhnung der Herzen

Schon einmal war ich verheiratet. Aus dieser Ehe stammen drei wunderbare Kinder. Jedoch war die Ehe sehr erniedrigend und verletzend. Deshalb haben wir uns nach sechs Jahren scheiden lassen. Daraufhin folgte ein Krieg um die Frage, wem was gehört und wer was bekommt. Zeitweise habe ich keinen Unterhalt bekommen, und mein Exmann hat den Kontakt zu den Kindern mehrmals abgebrochen. Es gab viel psychischen Terror, und mir wurde vorgeworfen, dass ich an allem schuld sei. Das Ganze ging noch fast siebzehn Jahre nach der Scheidung so weiter. Mit seinen Eltern verstand ich mich weiterhin gut, und unabhängig voneinander haben wir für Versöhnung gebetet und dass Gott das Herz des Vaters zu seinen Kindern lenkt. Nach all diesen Bedrängnissen, Herausforderungen und Verletzungen kam dann mein Exmann nach siebzehn Jahren auf mich zu, um sich mit mir zu versöhnen. Gott schenkt und tut Wunder auch nach vielen Jahren!

Monika, 51

Altenpflegerin

Gehorsam belohnt

Während einer christlichen Konferenz gab es einen Spendenaufruf. Ich habe Gott gefragt, was ich geben soll. Ich hatte den Eindruck, ich solle nichts geben, aber stattdessen einer Bekannten von mir 50 Euro. Sie ist in der Mission tätig und lebt von Spenden.

Ich beschloss, sie anzurufen und mich mit ihr zu treffen. Aber ich hatte das Gefühl, ich sollte warten, bis ich ihr begegne. Auf der Konferenz waren 20 000 Leute. Trotzdem sind wir uns schon in der nächsten Pause über den Weg gelaufen. Ich habe ihr die 50 Euro gegeben, und sie hat sich riesig gefreut. Sie hatte nämlich soeben ihre letzten 20 Euro gespendet, die sie eigentlich zum Leben brauchte.

Einen Tag später kam eine Frau zu mir, der ich vorübergehend mein Zimmer zur Verfügung gestellt hatte. Entgegen unserer Abmachung gab sie mir 50 Euro in die Hand – genau den Betrag, den ich meiner Bekannten gegeben hatte.

Chris, 25

Maschinenbauer

Kleine Aufmerksamkeiten

Wenn ich anderen Menschen von meinem Leben mit Gott erzähle, stehe ich vor einem Sammelsurium an unglaublichen Momenten, die allein betrachtet vielleicht unscheinbar wirken, jedoch mein Leben täglich bereichern. Ich sehe Gott in den Menschen, die er uns an die Seite stellt. Sie treten an einem schlechten Tag an uns heran und schließen uns in die Arme, ohne eine Erklärung oder Unterhaltung zu fordern. Für einen Moment bekommen wir ihre volle Aufmerksamkeit und Zuwendung – so wie Gott es immer tut. Ich spüre Gott ganz stark, wenn ich nach einem heißen Sommertag mir Zeit für mich selbst nehme. Dann setze ich mich an einen stillen Ort und bestaune den Sonnenuntergang. Dieses unfassbare, unvergleichliche Farbenspektakel schenkt mir Gott Abend für Abend. Wenn ich da so sitze, ist es, als sagt Gott zu mir: „Schau wie wunderschön die Schöpfung ist. Denk daran, du bist ein Teil von ihr!" Mit vielen kleinen Aufmerksamkeiten erinnert Gott mich Tag für Tag daran, wie lebenswert und reich beschenkt mein Leben durch, für und mit ihm ist.

Judith, 19

Abiturientin

Großartige Helfer

Einen Tag vor der Beerdigung meines Stiefvaters fuhr ich früh morgens mit dem Auto zu meiner Ausbildungsstelle im Krankenhaus. Die Strecke war schon immer ein einziges großes Schlagloch gewesen. An diesem Morgen war es leicht neblig. Urplötzlich verwandelte sich der Nebel in Blitzeis, und schon hatte ich keine Kontrolle mehr über das Auto. Ich merkte, nur wie es nach links auf den Hügel hoch fuhr und sich dann mehrmals überschlug. Das Auto kam auf der Gegenfahrbahn mit der Fahrerseite auf dem Boden auf. Die Seitenscheibe war komplett herausgesprungen. Im nächsten Moment hörte ich schon Stimmen und merkte, wie sich das Auto hob. Ich spürte eine Kraft von Wärme und Licht, die das Auto wieder auf die richtige Seite stellte, so dass ich aus dem Fenster herauskam. Wäre der Unfall dreihundert Meter weiter gewesen, wäre ich in einer Steinmauer gelandet! Am Boden sitzend dachte ich über das unbezahlte Auto nach, und Passanten halfen mir, meine Familie zu informieren. Jedoch kam niemand beim Notruf durch! Ich hatte nur noch dreizehn Cent auf dem Handy, und in dieser Gegend gab es nur selten Funknetz. Trotzdem gelang es mir, bei meiner Arbeitsstelle im Krankenhaus anzurufen und Hilfe anzufordern. Wenige Minuten später kam ein Rettungswagen, und ich wurde von bekannten Gesichtern versorgt und ins Krankenhaus gefahren. Erst tat nur leicht mein Kopf weh. Dann konnte ich plötzlich einen Arm und ein Bein nicht mehr bewegen. Im Krankenhaus angekommen wurde ich geröntgt. Die Ergebnisse erstaunten den Arzt genauso wie alle anderen. Außer Quetschungen und Prellungen hatte ich keine weiteren Verletzungen! Meine Mama war sehr froh, als sie mich mit nach Hause nehmen konnte. Sie hatte schon befürchtet, dass sie am nächsten Tag zwei Leute beerdigen müsste. Stattdessen wurde auf der Beerdigung auch viel über mein Wunder geredet, und alle waren froh, dass ich dabei sein konnte. Im Nachhinein ist mir klar, dass Gott seine Engel zu diesem Unfall geschickt hat. Sie haben geholfen, das Auto hochzuheben. Als ich mich bei den zwei Ersthelfern bedanken wollte, stellte sich heraus, dass der zweite nicht zu finden war und nicht existierte. Ich bin Gott unglaublich dankbar, dass er mich bewahrt hat und mir rechtzeitig Menschen an die Seite gestellt hat. Gott wollte mich eindeutig weiterhin im Leben haben. Ich bin gespannt, was ich mit ihm hier auf der Erde noch erleben werde und was ich auch von ihm weitergeben kann.

Melissa, 30

Krankenpflegerin

Geburtstagswunsch

Einen Tag vor meinem Geburtstag hatte ich starke Schmerzen am Knie und konnte kaum laufen. Trotzdem habe ich mich nicht davon abhalten lassen und mich den Geburtstagsvorbereitungen gewidmet. Als ich abends immer noch Schmerzen hatte, habe ich zu Gott gebetet. Ich habe ihm gesagt, dass es mein größter Geburtstagswunsch sei, keine Schmerzen mehr am Körper zu haben. Für den Geburtstagsabend hatte ich Freunde eingeladen, und den wollte ich gern ohne Schmerzen verbringen. Als ich am nächsten Morgen aufwachte, war ich sehr überrascht. Ich hatte keine Schmerzen mehr, und das ist auch den ganzen Tag so geblieben. Abends bei der Feier gab ich Gott die Ehre und konnte meinen Freunden davon erzählen, welches Wunder mir Gott geschenkt hat.

Regina, 53

Restaurantfachfrau

Himmel auf Erden

Im Sommer bin ich mit einer Gruppe von achtzehn Deutschen nach Brasilien gereist. Das war eine Art Missionseinsatz, bei dem wir uns um Straßenkinder gekümmert und ihnen von Jesus erzählt haben. Wir wohnten in der Nähe eines Armenviertels, in dem viele dieser Kinder lebten. Sie wohnen dort in kleinen, undichten Hütten aus Wellblech. Wenn man dort hineingeht, sieht man Drogenabhängige, viele Bruchbuden und schmale Gassen, durch die man nicht zu zweit laufen kann. Man läuft in Pfützen, bei denen man nicht weiß, aus was sie überhaupt bestehen oder woher es kommt. Am Ende einer schmalen Gasse lebte eine Frau mit ihren Söhnen. Sie hatten eine kleine zweistöckige Hütte. Auf engstem Raum sah man eine sehr unhygienische Küche und daneben eine kleine zerbrechliche Holzleiter, die in den zweiten Stock führte. Man hatte das Gefühl, der Holzboden krache jeden Moment ein. Auf ihm stehen aber ein dreifaches, sehr enges Stockbett, ein Regal und ein Sofa. Einer der Söhne war sowohl körperlich als auch geistig behindert. Drei Jahre zuvor hatte man ihm von Spenden einen spezialangefertigten Rollstuhl gekauft. Mit diesem konnte er aber nur sehr selten raus, weshalb er eigentlich den ganzen Tag nur auf seinem Sofa lag. Dort gibt es kein Tageslicht und nur wenig Gesellschaft. Er selbst hat auch nichts, mit dem er sich beschäftigen kann. An einem Abend haben wir den Jungen besucht. Mit sechs anderen Leuten aus meiner Gruppe haben wir unsere Hände auf ihn gelegt und für ihn gebetet. Mit einer alten, verstimmten Gitarre sangen wir Lieder zur Ehre Gottes und haben uns an ihm gefreut. Noch schöner war, wie viel mehr er sich an uns gefreut hat. Er konnte nicht sprechen, aber Gott ließ ihn vor Freude lachen und zappeln. Wir sangen immer weiter, und es war, als würde der Himmel sich auftun. Als würde es an diesem dunklen, trostlosen Ort plötzlich ganz hell werden. Für uns alle hat es sich so angefühlt, als sei der Himmel für einen Moment auf die Erde gekommen. Ich werde dieses Erlebnis nie vergessen. Zwei Monate später ist der Junge gestorben. Für uns war es eine sehr traurige Nachricht. Trotzdem hatten wir den Trost, dass er jetzt bei unserem Vater im Himmel ist und es ihm jetzt viel besser geht als zuvor. Es ist so schön zu sehen, dass Gott uns nicht nur in einer großen Kirche begegnen kann. Er kommt auch in eine kleine, stickige, stinkende, dreckige, dunkle Wohnung in einem Armenviertel in Brasilien. Denn jedes einzelne Leben ist für ihn bedeutsam. Gott kommt, wenn wir ihn anrufen, und wir können ihm vertrauen.

Louisa, 17

Schülerin

Wirken Gottes

Als unsere Tochter gerade auf die Welt gekommen war, hatte meine Frau große Probleme, sie zu stillen. Da sie so nicht die erforderliche Menge an Muttermilch zu sich nehmen und dadurch an Gewicht zulegen konnte, musste sie nach kurzer Zeit zugefüttert werden, obwohl wir das eigentlich gar nicht wollten. Von der Hebamme zuhause wurden wir dann auch gerügt und erfuhren keinerlei Verständnis oder Unterstützung. Die Mutter pumpte ab, und ich übernahm das Füttern. Wir waren verzweifelt, und ich hatte irgendwann das Gefühl, dass etwas falsch lief. Wir wollten nach einigen Tagen schon aufgeben und künstlich füttern, als wir Besuch von einer Freundin bekamen, der wir uns anvertrauen konnten. Zu dieser Zeit haben wir noch nicht wirklich an Gott geglaubt, aber haben trotzdem das Angebot angenommen, dass sie für uns beten wollte. Von diesem Zeitpunkt an klappte das Stillen an der Brust, und unsere Tochter konnte das fehlende Gewicht aufholen. Wir sind fest davon überzeugt, dass hier das Wirken Gottes sichtbar wurde.

Frieder, 43

Elektromechaniker

Keine Kompromisse

Zurzeit lese ich ein Buch, bei dem es darum geht, Jesus radikal nachzufolgen. Ich habe sehr mit mir selbst gerungen, weil ich gemerkt habe, dass ich nicht so lebe, wie es der Autor beschreibt. Will ich wirklich Besitz und Sicherheit aufgeben und tun, was Gott mir sagt? Auch wenn es vielleicht sogar gefährlich für mich sein kann? Im Gottesdienst ging es um die Stürme in unserem Leben. Der Pastor versprach uns nicht, dass die Stürme ausbleiben würden, aber dass wir keine Angst haben müssten, weil Gott mit dabei sei. Wir hatten Zeit, um über unsere Stürme nachzudenken. Bei mir war es das Hin- und Hergerissensein, was meine Finanzen angeht. Ich konnte entweder weiter sparen, damit ich während des Studiums nicht arbeiten müsste. Oder ich könnte mein Geld in meine Mitmenschen investieren. Auf dem Heimweg musste ich noch Geld abheben. Ich kam an einem Café vorbei und hatte das Gefühl, ich sollte den Menschen etwas Gutes tun und ihre Rechnungen bezahlen – alle! Ich wusste, dass es Gottes Ernst war, aber ich ging trotzdem weiter. Nach dem Geldabheben bin ich wieder am Café vorbeigekommen. Wieder hatte ich den Drang, die Rechnungen zu bezahlen, und wieder bin ich vorbeigegangen. Ich war einfach zu feige. Selbst wenn ich Fremde anrufen musste, hatte ich Angst, und für das hier fehlte mir einfach der Mut. Aber Gott wollte, dass ich ihm vertraue. Also bin ich zurückgegangen. Nicht weil ich wollte, sondern weil meine Füße mich geführt haben. Immer noch zögerte ich und wusste, ich konnte noch umdrehen. Flucht war meine menschliche Reaktion, aber das ist nicht, was sich Gott von uns wünscht. Also bin ich zu einem Kellner hingegangen und habe ihm erzählt, was Gott mir aufs Herz gelegt hat. Alle Rechnungen wurden auf einen Tisch transferiert – knapp 640 Euro. Ich nahm meine Karte und bezahlte. Hinter der Theke wurde schon getuschelt. Niemand hatte so etwas zuvor erlebt. Ich auch nicht. Dann war es getan, und es hat sich so gut angefühlt. Ich bin zu jedem Tisch hingegangen und hab erzählt, dass ich den Eindruck hatte, ich solle den Menschen etwas Gutes tun und dass ihre Rechnung bezahlt sei. Es gab viele erstaunte Gesichter, aber auch viel ehrliche Freude. Auf dem Weg zum Auto kam ich an einem Mann vorbei. Er bat mich um ein paar Cent für eine Pizza. Zuerst zögerte ich, aber dann war ich schockiert über meine Reaktion. Ich gab ihm 10 Euro und erklärte, er könne sich noch eine Cola dazu holen. Da fing sein Gesicht an zu strahlen. Er nahm mich in den Arm und wünschte mir Gottes Segen.

Wiebke, 24

Tischlerin

Arme des Vaters

Bereits ab der fünften Klasse stürzte ich mich von einer Beziehung in die nächste. Nach einer tiefen und für damalige Verhältnisse langen Beziehung kam ich wieder mit einer anderen Klassenkameradin zusammen. Wir waren voller Hass und Vorurteile gegenüber unseren Mitschülern, Lehrern und der ganzen Welt. Ich hatte das Gefühl, niemals in einer Beziehung so offen und ohne Masken gewesen zu sein. Wir spielten unsere Spiele und spannen unsere Intrigen gegen unsere Mitschüler. Es war, als seien wir die finsteren Herrscher der Stadt. Plötzlich beendete sie ohne kommunizierten Grund die Beziehung. Ich war am Boden zerstört und komplett verzweifelt. Während dieser Zeit besuchte eine Gruppe junger Christen unseren Religionsunterricht. Ich ließ die Stunde über mich ergehen und konnte nichts mit dem Gott anfangen, von dem sie redeten. Drei Tage später kamen sie wieder. Ich fühlte mich gefangen in meiner Trauer, und die falschen Intrigenspiele hatten mich selbst vergessen lassen, wer ich eigentlich war. Die jungen Christen erzählten von ihren Erlebnissen mit Gott, und irgendwann konnte ich mich nicht mehr zurückhalten. Ich erklärte, dass es mir richtig schlecht gehe und ich nicht verstände, wie Gott da helfen solle. Eins der Mädchen lud mich ein, am Nachmittag zu einem Tee vorbeizukommen. Das Team hatte in der Fußgängerzone einen Bus stehen, in dem sie Getränke ausschenkten und Gespräche führten. Irgendetwas bewog mich dazu, am Nachmittag in die Fußgängerzone zu gehen. Sofort kam ich mit dem Mädchen ins Gespräch. Ich erzählte ihr, was passiert war, und sie erklärte mir die Liebe Gottes. Sie machte mir klar, dass Gott meine Leere füllen will und bot mir an, mit ihr zu beten. Ich willigte ein, ohne wirklich zu wissen, wie man betete. Während des Gebets sah ich mich wie entfesselt in die Arme des Vaters rennen. Er schlang voller Liebe seine Arme um mich. Von da an war mein Leben nicht mehr das gleiche. Ich fand Anschluss in einer christlichen Jugendgruppe und erzählte meinen Klassenkameraden leidenschaftlich von Jesus. Aber die größte Veränderung fand in mir drinnen statt. Ich war von einer Sekunde auf die andere glücklich. Auf einmal waren alle düsteren Gedanken weg. Ich fand auf einmal alles schön – es war verrückt! Ich war verliebt, wie ich es trotz vieler Liebschaften noch nie zuvor war. Das Größte aber war, dass ich mich selbst geliebt fühlte. Geliebt und angenommen wie noch nie zuvor.

Gregor, 34

Tanzlehrer

Jesus liebhaben

In meiner Gemeinde helfe ich beim Kindergottesdienst. Eines Tages kam mein Pfarrer zu mir und fragte, ob ich nicht beim Konfirmanden-Camp mitmachen wolle. Anfangs habe ich etwas an mir gezweifelt, bin aber trotzdem mitgefahren. An einem Abend erzählte einer der Mitarbeiter von seinen Begegnungen mit Gott. Es war mucksmäuschenstill, und alle waren gefesselt von seinen Erzählungen. Ich habe angefangen, über mein Leben nachzudenken und gemerkt, dass Gott mich eigentlich an jeder Stelle meines Lebens begleitet hat. Es hat mich stolz gemacht zu wissen, dass Gott mich liebhat und ich ihn auch liebhabe. Begeistert von dem Vortrag habe ich die nächste Bibelarbeit vorbereitet. Ich war aufgeregt, weil ich nicht wusste, wie die Kinder reagieren würden. Es ging um Petrus, der kurz an Jesus gezweifelt hat, dann aber erleben durfte, wie Jesus ihn wieder zu sich zieht. Wir haben viel geredet, und ich konnte auch mich selbst in der Geschichte wiedererkennen. Wir zündeten alle eine Kerze an, und in diesem Moment konnte ich die Anwesenheit von Jesus spüren.

Annalena, 14

Schülerin

Echte Freiheit

Als ich acht Jahre alt war, habe ich mich für ein Leben mit Jesus entschieden. Ich wusste, wer er ist und was er für mich getan hat, aber das war zu diesem Zeitpunkt noch nicht in meinem Herzen angelangt. Ich dachte, ich müsste gewisse Charaktereigenschaften haben, um ein richtiger Christ zu sein. So kam es, dass ich Erfüllung in anderen Dingen gesucht habe. Mit dreizehn begann ich meine Eltern anzulügen, um unter Vorwänden auf Partys gehen zu können. Ich lebte in zwei Welten. Auf der einen Seite war ich das freundliche Mädchen, das mehr oder weniger freiwillig in den Gottesdienst ging und sich in der Gemeinde engagierte. Auf der anderen Seite war ich das hübsche, halbwegs trinkfeste Mädchen, das leicht zu haben war. Etwa zwei Jahre lebte ich in diesem Widerspruch. Dann kam ein Abend, der alles veränderte. Ich war auf einem Geburtstag, bei dem gefeiert und getrunken wurde. Ein paar Jungs hatten etwas zu rauchen dabei. Ich wusste nicht, was es war, außer dass es stärker als Marihuana sein sollte. Ich wusste, dass ich dieses Zeug nicht rauchen sollte. Deshalb nahm ich nur einen Zug davon. Eine Freundin von mir rauchte mehr davon. Ihr ganzer Körper verkrampfte sich wenige Minuten später und ihre Augen verdrehten sich. Der Krankenwagen wurde gerufen und mich packte die Angst. Ich befürchtete, dass jemand meine Eltern benachrichtigen würde, wenn ich mit ins Krankenhaus fahre. Deshalb ging ich mit den Jungs mit. Einen dieser Jungs mochte ich und ging mit ihm nach

Hause. Vor dem Geburtstag hatte ich mich bereits mehrmals körperlich hergegeben, aber nie mit jemanden geschlafen. Ich dachte, das wäre mein Trumpf bei Gott. In dieser Nacht gab ich das auch auf. Am nächsten Tag stand mein Vater vor der Tür. Die Mutter meiner Freundin hatte vom Krankenhaus aus meine Eltern informiert. Zuhause platzte alles aus mir heraus: die Angst, die Unsicherheit und die Scham. Nach dem Gespräch habe ich mich so nackt vor Gott gefühlt. Ich bat ihn um Vergebung und dass er ganz neu in mein Leben kommt. Die erste Zeit habe ich sehr damit gekämpft, mir selbst zu vergeben. Aber Gott hat mich verändert und mir gezeigt, was wahrer Frieden und echter Spaß ist. Meine Eltern konnte ich vier Jahre später um Vergebung bitten. Jesus hat mir eine Freude gegeben, die durch nichts ausgelöscht werden kann. Er hat mir gezeigt, dass ich nie etwas hatte, mit dem ich vor ihm hätte bestehen können. Nur er kann mir diese Freiheit schenken. Jesus ist das Leben in Fülle. Ich weiß nun, dass er mich von ganzem Herzen liebt.

Celina, 19

FSJlerin

Übernahme

Einer meiner Söhne macht eine Ausbildung zum Schreiner. Am Ende des ersten Lehrjahres fragte mein Sohn, ob er vom Betrieb übernommen werde. Der Chef konnte das noch nicht sagen, da er erst das Zeugnis sehen wollte. In dieser Zeit haben wir sehr viel gebetet. Am letzten Schultag hat Gott es dann geschenkt, dass mein Sohn für das zweite und dritte Lehrjahr übernommen wird.

Monika, 51

Altenpflegerin

Wieder zurück

Nachdem ich ein paar unangenehme Erfahrungen gemacht hatte, bin ich lange Zeit in keine Gemeinde gegangen. Ich habe aufgehört, in der Bibel zu lesen, und angefangen, an Gott zu zweifeln. Während der Arbeit habe ich mit einem Kollegen gesprochen, von dem ich wusste, dass er Christ war. Wir haben uns über Religion unterhalten. Er sagte zu mir, dass ich recht intelligent sei, und fragte mich, warum ich nicht zur Gemeinde ginge. Ein paar Jahre später hatte ich das genau gleiche Gespräch wieder mit einem anderen Kollegen. Das brachte mich zum Nachdenken und ich dachte, vielleicht sollte ich der Gemeinde noch mal eine Chance geben. Ein paar Jahre später war ich zu Besuch bei Freunden. Zur selben Zeit war auch eine Gruppe von Freiwilligen da, die von einer christlichen Organisation kamen. Ich habe die kennengelernt und nach einer Weile beschlossen, mir mal die Gemeinde meiner Freunde anzugucken. Mir haben die Predigten gut gefallen, und ich habe angefangen, mich wieder in der Gemeinde zu engagieren. Gott hat verschiedene Leute benutzt, um mich zurück zu ihm zu bringen.

John, 29

Pilot – USA

Regen

Es war ein richtiges Unwetter mit Blitz und Donner. Zu Fuß wollte ich mit einer Freundin zum Bahnhof laufen, um mit ihr einen Freund im Krankenhaus zu besuchen. Es war ein relativ langer Weg, und wegen des Wetters hatten wir uns überlegt, nicht zu gehen. Nur in Gedanken habe ich Gott gebeten, dass der Regen aufhört. Zwei Minuten später hat es nur noch leicht getröpfelt und den ganzen Tag nicht mehr geregnet.

Jule, 16

Schülerin

Kurz vor dem Tod

Mit dem Fahrrad war ich auf dem Weg zu meiner Freundin. Auf halbem Weg fuhr ich über eine Kreuzung, schaute intuitiv nach links und sah nur noch, wie von links ein Auto kam. Eine Sekunde später spürte ich einen Schlag am linken Oberschenkel. Kurz verlor ich das Bewusstsein. Ich flog mehrere Meter durch die Luft und kam wieder zu mir, als ich auf der Straße landete. Indem ich mich auf die Seite rollte merkte ich, dass mein Bein schmerzte, es war gebrochen. Ich lag blutüberströmt mit geschlossenen Augen da und atmete schwer. Ich wusste, dass jeder Atemzug mein letzter sein konnte. Obwohl ich erst einundzwanzig war, hatte ich keine Angst vor dem Tod. Ich hörte nichts mehr, denn meine Hörgeräte waren weggeschleudert worden. Als die Ersthelfer kamen, wischten sie mir das Blut aus dem Gesicht, sodass ich auf einem Auge sehen konnte. Ich sagte ihnen, dass ich Lippen lesen könne und sie mich deshalb beim Reden angucken müssten. In den folgenden Minuten blieb ich sehr ruhig. Vielleicht durch den Schock und das Adrenalin, aber viel mehr, weil ich wusste, dass Gott an meiner Seite ist. Der Rettungswagen kam, und ich wurde ins Krankenhaus gefahren. Meine Freundin und mein Vater konnten nicht erreicht werden, weshalb ich mich im Stich gelassen fühlte. Aber unmittelbar bevor die Not-OP stattfinden sollte, hörte ich erleichtert, dass meine Freundin auf dem Weg sei. Meine Eltern und mein Pastor kamen am Abend dazu. Die erste Nacht auf der Intensivstation war ein Drama. Meine Nieren versagten, die Lungen füllten sich mit Wasser, und ich konnte nicht mehr richtig atmen. Die Ärzte zogen sogar in Erwägung, mich ins künstliche Koma zu legen. Zum Glück konnte ich mit einer Atemmaske stabilisiert werden. An diese Nacht habe ich, außer an die Maske, keine Erinnerung mehr. Zwei Wochen später konnte ich in die Reha entlassen werden, und nach drei Monaten durfte ich wieder schrittweise arbeiten gehen. In den folgenden Jahren war der Unfall immer wieder Gesprächsthema im Kindergarten, was mir half, ihn zu verarbeiten. Ich weiß, dass Gott mir in dieser Zeit besondere Bewahrung hat zukommen lassen und er einen Plan mit mir hatte. Diesen Plan verstehe ich langsam, aber sicher, immer mehr.

Christian, 25

Erzieher

Wohnungssuche

Mein Studium begann ich an einer Hochschule, die meine letzte Wahl war. Keine andere Schule hatte mich angenommen. Außerdem hatte ich schon öfter erlebt, dass es Gottes Weg ist, wenn ich etwas absolut nicht will. Zwei Monate nach meinem Umzug musste ich wegen Renovierung aus meinem Zimmer ausziehen. Mit einer Freundin wollte ich dann in eine WG, aber wir fanden nichts Bezahlbares. Ich wurde immer ungeduldiger, und dieses Thema schränkte mich so ein, dass ich mich teilweise total abschottete und mich auf meinen normalen Alltag beschränkte. Obwohl es mir schwer fiel, versuchte ich trotzdem, Gott in dieser Situation zu vertrauen. Gegen Ende erklärte die Vermieterin, dass es genug Zimmer für eine Studentenetage gebe und diese in eine Zwischenunterkunft ziehen könnte. Ich ging zur Besichtigung, habe dann aber beim Losen nicht das gewünschte Zimmer bekommen. Ein paar Tage zuvor erfuhr ich von einer Kommilitonin, dass bei ihrer Freundin in der WG ein Zimmer frei wird. Ihre Freundin kannte ich schon etwas von einem Hauskreisleitertreffen. Jedoch dachte ich, dass es sowieso nichts bringen würde, dort nachzufragen. Stattdessen saß ich in meinem Zimmer und hatte einen Heulkrampf. In diesem Moment hasste ich Gott und wollte nichts mehr mit ihm zu tun haben. Meine Kommilitonin machte mich darauf aufmerksam, dass ihre Freundin sich über eine zeitnahe Rückmeldung freuen würde. Trotz Hass wollte ich Gott weiterhin vertrauen und fragte ihn, ob ich mich wegen des Zimmers melden solle oder nicht. Da danach ein Frieden über mich kam, vereinbarte ich eine Wohnungsbesichtigung. Am nächsten Tag wurde einer meiner Träume erfüllt. Ich kam in die Wohnung und wusste: Das ist sie! Trotzdem machte ich mir wenig Hoffnungen, da ich nicht schon wieder enttäuscht werden wollte. Meine Alternative wäre das nicht-zugeloste Zimmer in der Studentenetage gewesen, das auf zwei Jahre befristet war. Meine Vermieterin kam zu mir und sagte, dass ich mich am nächsten Tag entscheiden müsse. Kurze Zeit später schaute ich auf mein Handy und musste die Nachricht mehrmals lesen, bevor ich sie begriff. Ich hatte das Zimmer in einer christlichen WG bekommen. Heute hasse ich Gott nicht mehr und habe ihn um Vergebung gebeten. Immer wieder erlebe ich, wie Gott sich um mich kümmert und dass wir nur lernen müssen, die Kontrolle abzugeben. Ich durfte Gott als Versorger ganz neu kennenlernen und wissen, dass ich es ihm wert bin.

Lori, 20

Studentin (Soziale Arbeit)

Hoffnungsträger

Die Gegend, in der ich aufgewachsen bin, war unterentwickelt, und wir hatten ein ziemlich hartes Leben. Wie viele bin ich ohne Vater aufgewachsen. Mit 16 war ich drogenabhängig und hatte auch noch andere schlechte Angewohnheiten. Meine Familie hat unsere Vorfahren angebetet, was mir wenig Hoffnung gegeben hat. Eines Tages wurde ich auf der Straße von einem Mann angesprochen. Er war Teil eines Teams aus Amerika, das uns von Jesus erzählen wollte. Er sagte mir, dass Gott ihn aufgefordert habe, zu mir zu sprechen. Ich fragte, was er mir sagen wolle, und daraufhin erklärte er mir, was Jesus für mich getan habe. Zuerst konnte ich nicht glauben, dass Gott mir vergeben und einen Menschen wie mich annehmen kann. Aber schon bald habe ich gemerkt, dass ich Gottes Liebe annehmen und ihm mein Leben geben sollte, wenn er extra einen Mann aus Amerika zu mir schickt, um mir von ihm zu erzählen. Heute bin ich selbst in der Mission aktiv und möchte denen Gottes Liebe zeigen, die wie ich damals ohne Hoffnung sind.

Okuhle, 25

Buchhalter – Südafrika

Umgang mit Misserfolgen

Bei der Theorieprüfung für den Führerschein ist alles sehr gut gelaufen. Auch für die Praxis hatte ich einen guten Fahrlehrer. Nachdem ich die Theorie geschafft hatte, gab es jedoch noch mal einen Lehrerwechsel. Mit dem neuen Lehrer hatte ich anfangs Probleme. Er hat mich aber unterstützt, wo er konnte und alles getan, damit ich die Prüfung schaffe. Da ich ein Mensch bin, der es nicht gewohnt ist zu scheitern, habe ich das nicht mal in Erwägung gezogen. Als der große Tag dann da war, bekam ich einen schlecht gelaunten Prüfer. Nach 20 Minuten wurde die Prüfung abgebrochen, und ich war durchgefallen. Ich war sehr enttäuscht und hatte mit mir selbst zu kämpfen. Irgendwann ist mir klar geworden, dass Jesus mir eine Lektion erteilen wollte. Ich sollte lernen, mit Misserfolgen umzugehen. Mein Fahrlehrer ermutigte mich weiterhin und ich entschied, an mich zu glauben und daran, dass Jesus mich nicht noch einmal scheitern sehen will. Ich bekam den gleichen Prüfer, aber dieses Mal war er wirklich nett. Ich konnte spüren, wie Jesus bei mir im Auto war und das Steuer übernahm. Mit seiner Hilfe habe ich es geschafft.

Anna, 17

Schülerin

Liebesgeschichte

Während meines Studiums überraschte Gott mich mit dem Gedanken, eine Jüngerschaftsschule zu machen. Es war auch schnell klar, dass es für mich nach Südafrika gehen sollte. Ich hatte meinen Frieden mit dieser Vorstellung, und ein halbes Jahr später war ich dort. Zur gleichen Zeit fand ein junger Mann seinen Weg nach Südafrika. Schon lange träumte er davon, nach Übersee zu reisen und Teil einer christlichen Organisation zu sein. Aufgrund von Geld- oder Visabestimmungen wurde ihm die Einreise in viele Länder unmöglich gemacht. Nach zwei Jahren war es dann endlich soweit. Seit dreieinhalb Jahren sind wir nun dankbar verheiratet und stolze Eltern. Wenn ich zurückdenke, kann ich nur staunen und leise Tränen der Rührung vergießen. Gottes Wege und Gedanken sind so viel weiser als unsere. Es ist so wunderschön zu sehen, wie Gott den perfekten Zeitpunkt kennt, um Menschen zusammenzuführen und mit ihnen Geschichte zu schreiben.

Yvonne, 29 — Jairus, 30

Sozialarbeiterin — Filmemacher – Madagaskar

Schuldenerlass

Zurzeit arbeite ich bei einer christlichen Organisation und finanziere mich von Spenden. Das ist jedoch nicht immer einfach für mich. Auf der einen Seite will ich Gott vertrauen, dass er mich versorgt. Ich fühle mich aber auch verantwortlich, selbst Unterstützer zu suchen und diese über meine Arbeit zu informieren. Während einer Reise nach Israel wurde ich von einer Predigt sehr beruhigt. Der Jugendpastor berichtete, wie eines Tages sein Kühlschrank defekt war. Er hat von Gott gehört, dass er sich einen neuen aussuchen sollte, obwohl die Familie zurzeit kein Geld hatte. Im Vertrauen darauf haben sie sich den teuersten Kühlschrank ausgesucht und reserviert. Eine Woche später bekamen sie eine unbekannte Spende, womit sie den Kühlschrank kaufen konnte. Nach der Predigt gab es den Aufruf, sein Leben neu Gott zu widmen, und das habe ich getan. Ich habe Gott mein Leben und meine Versorgung bewusst erneut in die Hände gelegt. Erneut habe ich ihm mein Vertrauen ausgesprochen, dass er mich gut versorgen wird. Ich will auf seine Möglichkeiten schauen und nicht auf meine. Zwei Stunden später bekam ich eine E-Mail von meinem Bruder. Er schrieb, dass mein Vater ihm seine Schulden vom Studium erlassen habe und er sich wünscht, dass er mich in meiner Arbeit unterstützt. Mein Bruder selbst wollte mich auch unabhängig von meinem Vater unterstützen und wird mir im Laufe des Jahres einen großen Betrag überweisen. Ich bin überwältigt davon, dass Gott mich sieht und meine Entscheidung, ihm zu vertrauen. Er versorgt mich und fördert dabei noch den Zusammenhalt in der Familie. Ich fühle mich gesehen und geliebt. Wenn sich wieder Sorgen in mein Herz schleichen sollten, dann will ich mich an dieses und weitere Wunder erinnern, wo Gott mich versorgt hat.

Sarah, 29

Sozialarbeiterin

Wie im Film

Nach meinem Studium wollte ich mit ein paar Freunden nach Namibia in die Wüste fahren. Wenn es in der Regenzeit viel regnet, entsteht dort ein See, was nur alle paar Jahre geschieht und viele Menschen anzieht. Wir hatten einen alten Geländewagen, der sehr einfach gebaut, aber robust war. Wir waren auf dem Weg von Windhoek nach Süden. Am Anfang waren die Straßen noch asphaltiert, aber dann mussten wir auf Schotterpisten fahren. Erst war das Gelände noch hügelig und mit frischem Grün bewachsen. Dann kamen wir in die Ebene, und es wurde steiniger und sandiger. Die Hitze flimmerte, und die Ebene kam uns endlos vor. In der Regenzeit entstehen auch sogenannte Trockenflüsse, die während dieser Zeit mit Wasser volllaufen. Wenn die Flüsse wieder austrocknen, bleibt eine ausgewaschene Vertiefung zurück. Wegen des Hitzeflimmerns konnten wir nicht sehen, dass ein solcher Trockenfluss unsere Straße unter einem Winkel von dreißig Grad kreuzte. Mir war sofort klar, dass, wenn ich jetzt bremse, der Wagen ins Schleudern kommt. Deshalb wurde ich nur vorsichtig langsamer und versuchte, in einem Winkel von neunzig Grad durch die Auswaschung zu fahren. Es war die richtige Entscheidung, die uns Gott sei Dank gelungen ist. Trotzdem gab es einen Schlag auf die Vorderachse und der Wagen flog durch die Luft. Es war fast wie im Film und wir sind tatsächlich neun Meter durch die Luft geflogen. Der Wagen schlug mit beiden Vorderrädern gleichzeitig auf dem Boden wieder auf. Das war aber noch nicht das Ende, da wir eine hohe Geschwindigkeit hatten. Es gab einen zweiten Schlag, bei dem die Hinterräder auf den Boden knallten. Durch diesen Schwung sprang der Wagen noch mal sechs Meter durch die Luft, bis endlich alle vier Räder wieder auf dem Boden rollten. Das Ganze hat sich angefühlt, als wären es mehrere Minuten gewesen. In dieser Zeit hielt ich das Lenkrad fest und dachte nur an Gott. Ich bat ihn, mir gnädig zu sein. Keinem der Insassen ist etwas passiert! Selbst am Auto war nichts beschädigt. Das Einzige, das wir zu bedauern hatten, waren die zerbrochenen Steinfiguren, die wir zuvor als Souvenir gekauft hatten. Aber selbst die Bruchstücke waren zusammengeklebt eine gute Erinnerung an den Ausflug. Wir haben uns alle in die Arme genommen und gelacht, was für ein Wunder an uns geschehen war.

Clemens, 54

Reifenhändler

Zukunftspläne

Während meines Freiwilligendienstes in den USA kam der Moment, in dem ich mir Gedanken über meine Zukunft machen musste. Es fiel mir schwer, da ich meinen Dienst mochte und mich sehr wohl gefühlt habe. Der nächste Schritt würde mein Leben maßgeblich beeinflussen, und das machte mir Angst. Diese Gedanken erzählte ich Mitmenschen, wenn sie mich nach meinen Zukunftsplänen fragten. Sie sagten mir, ich solle darüber beten. Das war irgendwie klar für mich, aber tat ich das auch wirklich? War ich bereit, mich auf das einzulassen, was Gott mit mir vorhat, auch wenn es vielleicht nicht meinen Vorstellungen entspricht? Ich wollte einen Moment haben, wo Gott mir einfach sagt, was ich tun soll. Solche Erlebnisse hatte ich bereits von anderen gehört. Ich fing an, Gott meine bisherigen Sorgen, Ideen und Pläne zu erzählen. Ich probierte, ganz still zu sein und auf Gott zu hören. Mich nur auf mich und das Gespräch mit ihm zu konzentrieren. Es war schwer und hat mich Überwindung gekostet. Vor allem, da ich nicht wusste, wie es sich anfühlen sollte. Aber von Mal zu Mal wurde es angenehmer, und ich fühlte mich wohler. Leider bekam ich keine Antwort auf meine Frage. Trotzdem fühle ich mich leichter, da ich wusste, wenn ich weiter beten und ehrlich mit mir selbst und Gott sein würde, würde ich irgendwann ankommen. Auch wenn ich noch nicht wusste, wo ich ankommen würde. Von meinem Freiwilligendienst aus gab es ein Halbjahres-Gespräch. Wie erwartet habe ich hauptsächlich positives Feedback bekommen, und das Gespräch war ganz entspannt. Am Ende meinte meine Vorgesetzte noch, dass sie sich mich gut als Kinder- und Jugendpsychologin vorstellen könne. In den nächsten Tagen dachte ich mehr darüber nach. Schon länger fand ich Psychologie interessant, aber hatte noch nicht in Betracht gezogen, ganz in diese Richtung zu gehen. Also begann ich, mich genauer zu erkundigen und auch mit Menschen in meinem Umfeld darüber zu reden. Und ich habe es Gott erzählt und ihm gedankt. Es hat sich richtig gut angefühlt, und ich war so froh, dass ich etwas gefunden hatte, das mich begeistern würde und womit ich Menschen helfen konnte. Vor allem war ich froh und dankbar darüber, dass ich diese Entscheidung mit und durch Gott getroffen hatte. Ich habe gelernt, über meine Zukunft zu beten, zuzuhören und geduldig zu sein. Ein Jahr, nachdem ich mein Studium angefangen habe, kann ich sagen, dass es sich immer noch richtig anfühlt. Ich habe sehr nette Menschen kennengelernt und durfte unglaublich viel lernen.

Eva, 20

Studentin *(Psychologie)*

Verkleidete Engel

An einem Sonntagnachmittag bin ich mit meinen Kindern im Auto nach Hause gefahren. Nur ein paar Kilometer, bevor wir zuhause ankamen, machte ich einen großen Fehler. Mit einer Hand versuchte ich eine Flasche Milch auf dem Beifahrersitz zu erreichen, die umzufallen drohte. Einen Augenblick später landeten wir in einem tiefen Graben. Ich konnte nicht anders, als immer wieder Gott dafür zu danken, dass nichts Schlimmeres passiert ist. Niemand war verletzt, und das Auto hatte sich auch nicht auf den Kopf gedreht. So schnell vergessen wir, dass jeder Atemzug ein Wunder ist. Zwei Minuten später kam ein Auto vorbei und hat nach uns geguckt. Für uns waren es verkleidete Engel, die uns zu den nächsten Nachbarn gebracht haben. Obwohl sie selten zuhause sind, haben wir sie angetroffen. Sie luden uns zu sich ein, und nachdem wir erzählt hatten, was passiert war, gingen sie los, um unser Auto aus dem Graben zu ziehen. Auch unsere Nachbarn waren sehr froh, dass sie ausgerechnet an diesem Tag beschlossen hatten, zuhause zu bleiben, um zu entspannen. Sonst wären sie nicht dagewesen, um uns zu helfen.

Emma, 34

Krankenschwester

Düstere Gedanken

Für mich sind es die kleinen Begebenheiten, durch die mir Gott zeigt, dass er an mich denkt und mich liebhat. Es gab eine Zeit in meinem Leben, in der ich viele Sorgen und Probleme hatte, die mich runtergezogen haben. An einem dieser Tage war ich auf dem Weg zu meinen Eltern, und düstere Gedanken hielten mich gefangen. Als ich bei einem Wohnhaus nach oben blickte, lag auf einer Fensterbank wunderschöne Bettwäsche – zu verschenken. Ich konnte mein Glück kaum fassen und nahm diese an mich. Schon ging ich etwas beschwingter weiter. Plötzlich kreuzte eine traditionell afrikanisch angezogene Frau meinen Weg. Auf ihrem Kopf trug sie eine Kappe, auf der stand: „Jesus is Lord“. Es durchfuhr mich wie ein Blitz, und ich schämte mich für meine Kleingläubigkeit. Jesus ist der Herr und Sieger, auch über meine Sorgen und Probleme. Er sieht mich, liebt mich und versorgt mich. Sogar mit schöner Bettwäsche, um mich aufzuheitern. Die Sorgen und Probleme, die ich hatte, wurden im Nachhinein betrachtet sogar zum Segen für mich und meine Familie.

Katja, 53

Alltagsbegleiterin

Konfirmandenunterricht

Beim Konfirmandenunterricht hörte ich zum ersten Mal so richtig von Gott. Es hat sich gut angehört und mein Interesse geweckt. Nach meiner Konfirmation bin ich mit ein paar Leuten nach Österreich gefahren. In kleinen Gruppen haben wir uns über Gott und den Glauben unterhalten und auch diskutiert. Im Laufe der Jahre war ich immer wieder bei christlichen Veranstaltungen dabei. Im Nachhinein kann ich sehen, dass mein Glaube dadurch immer mehr gefestigt wurde. Ich durfte immer mehr über Gott lernen. Ich habe aber auch viele nette Leute und Gemeinden kennengelernt, die mich in meinem Glauben unterstützt und geprägt haben.

Sven, 22

Mechatroniker

Rezept zum Glück

Eine meiner Schülerinnen fragte mich, wie man glücklich wird. Sie wusste von meinem Glauben, und wir hatten auch schon ein paar Gespräche darüber, aber irgendwie war sie mir zu diesem Thema häufiger ausgewichen. Wir trafen uns im Gemeindehaus, und ich hörte ihr lange zu. Zuvor hatte ich mir Gedanken gemacht, was ich ihr sagen sollte. Christen waren auch nicht immer glücklich. In dieser Zeit hatte ich gerade ein Buch gelesen, das davon handelt, wie wir über den Glauben sprechen können. Dabei ist mir wichtig geworden, nicht etwas Christliches zu bewerben, sondern stattdessen von Jesus zu erzählen, der den Weg zum Vater zeigt. Wenn in unserem Herzen verankert ist, dass Gott uns liebt, dann können wir unabhängig von äußeren Umständen glücklich sein.

Lange haben wir über Jesus geredet, und ich durfte für sie beten. Das eigentliche Wunder begann erst danach. Sie fing an, in der Bibel zu lesen und zu beten. Gott kam in ihren Alltag und eroberte ihr Herz. Ich habe gelernt, dass Gott mich nicht braucht, um zu argumentieren, sondern dass Gebet und Liebe schon zum Glauben führen können.

Gregor, 34

Tanzlehrer

Gott hat Zeit

Schon während des Konfirmandenunterrichts wurde in mir ein echtes Interesse an Gott geweckt. Als es aber um die Berufswahl ging, zählte nur der Grundsatz der Eltern, dass die Kinder es einmal besser haben sollten. Deshalb folgte bei mir eine Lehre zum Bankkaufmann. Erst rund zwanzig Jahre später kam noch einmal die entscheidende Frage, ob ich nicht mein Leben Jesus geben will. Zu diesem Zeitpunkt stand ich gewissermaßen mit dem Rücken zur Wand und sah keinen Grund, Jesus nicht nachzufolgen. Es folgte eine Zeit, in der ich mich sehr viel mit dem Neuen Testament der Bibel beschäftigt habe. Wenige Jahre später wurde ich Teil einer überkonfessionellen Arbeitsgemeinschaft, deren Ziel es war, Menschen zu Gott zu führen. Auch wenn vermeintlich zwanzig Jahre meines Lebens verloren waren, da ich diese nicht in Gottes Reich investiert habe, durfte ich durch Gottes Gnade Frieden erfahren. Irgendwann waren die Kinder aus dem Haus, und ich wusste, ich würde nicht mehr lange in meinem Beruf arbeiten. Ich war nicht mehr so leistungsfähig wie zuvor, und meine Frau fand mich weniger attraktiv. Trübe Gedanken hatten aber keine Chance, da ich wusste, mein Weg mit Jesus ist eine beständige Grundlage.

Rainer, 74

Bankkaufmann

Mehr als erhofft

Während eines Missionseinsatzes in Südafrika waren wir auf einer Farm. Wir hatten ein Theaterstück aufgeführt und von Jesus erzählt. Am Ende nahmen wir uns Zeit, um mit den Menschen ins Gespräch zu kommen und ihnen anzubieten, für sie zu beten. Mir ist ein Junge aufgefallen, der sich etwas seltsam verhielt. Also bin ich mit einem aus meiner Gruppe zu ihm hingegangen. Wir haben bemerkt, dass er Schmerzen und ein Pflaster am Arm hatte. Außerdem hatte er etwas an seinem Zahn, der vermutlich kaputt war. Wir waren bereits mehrere Wochen in Südafrika gewesen, und ich hatte gehofft, Heilung zu erleben. Da es bis dahin noch nicht geschehen war, war ich etwas enttäuscht. Bei dem Jungen sah ich jetzt meine Chance. Wir haben angefangen, für Heilung zu beten, und während der ganzen Zeit hat der Junge geweint. Nach unserem Gebet war sein Arm geheilt! Dazu kam, dass ich den Eindruck hatte, dass der Junge körperlich und vielleicht auch mit Worten missbraucht wird. So etwas geschieht oft auf den Farmen in dieser Gegend. Während ich betete, habe ich angefangen, über ihn und seine Identität zu sprechen, ihn zu bestärken, dass er gut ist, so wie er ist, fand für ihn Worte von Segen und Schutz. Es hat sich nicht angefühlt, als hätte ich gesprochen, sondern so, als würde Gott durch mich sprechen. In diesem Moment konnte ich den Jungen mit Gottes Augen sehen. In dieser Nacht habe ich Heilung gesehen. Aber was mich viel mehr berührt hat, war, wie Gott den Jungen gesehen und ihn berührt hat. Er hat in dieser Nacht Hoffnung und die Perspektive auf eine gute Zukunft bekommen. Nach dem Gebet lag es mir am Herzen, dem Jungen noch ein paar Bibelverse mitzugeben. Da er keine Bibel zuhause hatte, bin ich zu unserer Kontaktperson vor Ort gegangen, die Direktorin einer Schule ist. Jeden der siebenhundert Schüler kennt sie beim Namen. Ich gab ihr die Bibelverse, die ich aufgeschrieben hatte, und bat sie, diese dem Jungen weiterzugeben. Ihre Reaktion überraschte mich. Sie nahm eine Bibel aus dem Schrank in ihrem Büro, und ich durfte meine Bibelverse einkleben. Sie versprach, die Bibel dem Jungen so bald wie möglich zu geben. Ich war sehr berührt und bin mir sicher, dass es auch den Jungen sehr berührt hat. Diese Ereignisse haben mir gezeigt, dass Gott ein guter, liebender Vater ist und wie großartig er ist. Ich wünsche jedem, dass er auch solche Erfahrungen machen kann.

Dyde, 19

Studentin (*Geschichte*) - Niederlande

Mehr als genug

Meine Familie ist sehr auf finanzielle und materielle Sicherheit bedacht. Das kann ich gut nachvollziehen, da meine Eltern in ihrer Kindheit großen Mangel gelitten haben. Nachdem ich mein Leben Gott gegeben hatte, versuchte ich, mich von diesem Sicherheitsdenken zu lösen. Ein paar Jahre später kauften mein damaliger Mann und ich ein Haus. Leider ist diese Ehe gescheitert. Da saß ich nun, in einem teilweise fertiggestellten Haus mit drei Kindern und ohne Einkommen. Als meine Mutter mich fragte, was aus dem Haus werde, sagte ich ihr spontan, dass Gott es mich behalten lässt. Ansonsten hätte ich mich nie getraut, ihr von Gottes Reden zu erzählen. Aber in dieser Situation war ich mir so sicher, dass ich es einfach sagen musste. Ein paar Monate später stellte ich einen Wohngeld-Antrag. Vom Amt wurde ich aufgefordert zu erklären, wie ich als 4-köpfige Familie leben konnte, ohne monatliches Einkommen. Ich erklärte, dass ich oft Sachspenden bekäme, und war gezwungen, darüber nachzudenken, warum es mir und meinen Kindern eigentlich nicht an materiellen Gütern fehlte. Eine Hauptquelle waren ganz bestimmt meine Eltern, die uns bei jedem Besuch mit Essen beschenkt haben. Scheinbar zufällig lernte ich auch eine Frau kennen, deren Tochter etwas älter als meine war. Diese trug immer die neusten Markenklamotten, aus denen sie aber schnell herauswuchs und die sie dann an meine Tochter weitergab. Von den Nachbarn gab es Obst und Gemüse aus eigenem Anbau. Dies alles führte ich in der Liste auf, die ich dem Amt schicken musste. Grade als ich dachte, dass ich fertig bin, kam eine Freundin zur Tür rein, mit zwei Taschen voller Brot. In den nächsten Jahren bekamen wir von ihr auch kistenweise abgelaufene Lebensmittel aus dem Supermarkt, die aber noch gut zu verwerten waren. Das Interessante an dieser Quelle war, dass sie genau dann versiegte, als bereits zwei meiner Kinder ausgezogen waren, mein jetziger Mann und ich Arbeit hatten und wir oft am Wochenende dasaßen und nicht wussten, wohin mit den ganzen Gaben. In der Zeit allein mit den Kindern war ich oft verzweifelt. Ich habe aber auch viel lernen dürfen. Darüber, wie ich Maschinen selbst reparieren oder auch am Haus weiterbauen kann. Gott hat mir immer Menschen geschickt, die mir Dinge gezeigt und mich unterstützt haben. Wichtig war mir immer zu wissen, dass ich von Gott nicht weniger geliebt bin als die, die einen Partner und Geld haben. Aus dieser Sicherheit heraus konnte ich, ohne mich gedemütigt zu fühlen, auch Schritte gehen und andere um Hilfe bitten. Trotz Mangel konnte ich bis heute immer wieder auch anderen von dem geben, was ich habe.

Elke, 51

Krankenschwester

Klassengebet

Als ich in die neunte Klasse ging, war es für mich nicht immer einfach, mit meinen Mitschülern auszukommen. Aber an einem Tag hat sich alles geändert. Ich war auf einer christlichen Privatschule, und an diesem Morgen hatten wir einen gemeinsamen Gottesdienst. Als wir zurück in der Klasse waren, haben wir erfahren, dass es unserem Klassenlehrer nicht gut geht. Später ist er im Lehrerzimmer zusammengebrochen und wurde ins Krankenhaus gebracht. Einige Tage später kam der Schulleiter ins Klassenzimmer, um uns zu sagen, dass unser Klassenlehrer einen bösartigen Tumor im Darm habe und deshalb vorerst nicht mehr in die Schule kommen werde. Wir waren alle sehr geschockt und froh, dass wir nach Hause gehen konnten. Die anderen Kinder haben darüber gelacht, dass wir alle so traurig waren und Tränen in den Augen hatten. Sie wussten noch nicht, was passiert war. Am nächsten Tag haben wir gemeinsam als Klasse beschlossen, immer in der ersten Pause für unseren Lehrer zu beten. Gemeinsam mit anderen Lehrern wurde das abgesprochen, und auch andere Schüler und Lehrer konnten dazukommen. Über mehrere Monate haben wir für unseren Lehrer gebetet. Nach ein paar Wochen hat sich sogar die Möglichkeit ergeben, regelmäßig mit ihm oder seiner Frau zu telefonieren. Dadurch konnten wir ihm zeigen, dass wir an ihn denken und ihn vermissen. Ein paar Monate nach seiner Operation konnten wir ihn zuhause besuchen, da er sich recht gut erholt hatte. Als ich ihn sah, war ich sehr erschrocken darüber, wie die Krankheit ihn mitgenommen hatte. Ich war aber auch dankbar zu sehen, dass es ihm besser ging und dass er zuhause in seinem gewohnten Umfeld sein konnte. Ein paar Wochen nach unserem Besuch kam der Schulleiter wieder in unsere Klasse. Er erzählte, dass unser Lehrer in eine Klinik fahren würde, die auf solche Krebspatienten spezialisiert sei. Er bat uns auch, weiterhin für Genesung zu beten. Das haben wir jeden Tag gemacht. Als der Schulleiter einige Zeit später wieder zu uns kam, war ich sehr gespannt, was er uns berichten würde. In der Klinik waren neue Tests durchgeführt worden, und die Ärzte hatten keine Krebszellen mehr gefunden. Es war, als sei nie etwas gewesen. Unsere ganze Klasse war überglücklich und sehr dankbar. Zwar ging unser Lehrer noch für eine Zeit in die Kur, aber im nächsten Schuljahr hat er unsere Klasse wieder übernommen. Ich bin so dankbar, dass ich damals diese Erfahrung machen durfte und Zeuge eines Wunders Gottes sein konnte. Dabei hat sich auch der Zusammenhalt in der Klasse verändert, und wir sind zu einer richtigen Gemeinschaft geworden.

Annika, 23

Erzieherin

Fehler aufarbeiten

Für mich war schon als Jugendlicher klar, dass ich nicht ohne Gott leben wollte. Meine Eltern haben mich christlich erzogen, und ich wusste, dass Gott aus Liebe und Gnade seinen Sohn gegeben hat, um mich zu retten. Aber in meinem Teenageralter habe ich Dinge gemacht, die nicht richtig waren. Ich habe schlecht über andere geredet, und wenn ich mal kein Taschengeld mehr hatte, auch Dinge aus dem Laden mitgenommen, ohne zu zahlen. Mit sechzehn Jahren habe ich dann Gott mein Leben neu übergeben und wollte mich taufen lassen. In den Wochen vor der Taufe kam in mir ein Unfriede auf, und es plagten mich die Taten, die ich in meiner Teenagerzeit begangen hatte. Also nahm ich mir vor, alle Dinge in Ordnung zu bringen. Voller Angst und mit weichen Knien ging ich in die Geschäfte und zu den Menschen, bei denen ich ungerecht gehandelt hatte. Zu meiner Verwunderung wurde mir sofort alles vergeben. Die Ladenbesitzer mussten schmunzeln und haben sich gefreut, dass ich so ehrlich bin und wegen einer Kleinigkeit vorbeikomme. Danach habe ich mich als der glücklichste und befreiteste Mensch auf Erden gefühlt. Ich wünsche mir, dass jeder mit Gott Frieden findet und glücklich werden kann.

Christian, 21

Student (*Mechatronik*)

Neue Stelle

Meine Arbeit in einem großen Modegeschäft hat mich sehr gestresst. Obwohl ich gerade erst befördert wurde, habe ich mich bei einer Agentur für Tieradoption beworben. Auch wenn ich dort weniger verdienen würde, war es schon lange mein Traum, dort zu arbeiten. Nach mehreren Bewerbungen wurde ich endlich zum Bewerbungsgespräch eingeladen und eingestellt. Ich war überglücklich. Aber ich machte mir Sorgen um die Kündigung meiner aktuellen Stelle, insbesondere da mein neuer Chef mich gerne schon vor Ablauf der Kündigungsfrist eingestellt hätte. In dem Gespräch mit meinem alten Arbeitgeber stellte sich heraus, dass sowieso ein Umbruch in meiner Abteilung vorgesehen gewesen sei. Auch wenn es für sie traurig war, dass ich gehe, hat es trotzdem Türen geöffnet, um einen neuen Leiter einzustellen, ohne mich heruntersetzen zu müssen. In dem Moment ist mir bewusst geworden, dass Gott meine Wege lenkt. Nachdem ich eine Zeitlang an meiner neuen Stelle gearbeitet habe, wurde mir klar, dass ich noch etwas mehr verdienen muss, um meinen Ausgaben gerecht zu werden. Ich wusste aber nicht, wo ich nur für zehn Stunden die Woche arbeiten konnte. Aber auch dafür hatte Gott eine Lösung. Innerhalb von ein paar Wochen hat sich eine Stelle ergeben. Eine Freundin von mir brauchte einen Pfleger in Teilzeit. Bislang hatte meine Cousine ihr morgens aus dem Bett und abends wieder hineingeholfen. Da sie aber auch mal ein paar Tage frei brauchte, konnte ich sie an diesen Tagen ablösen. Zuerst war das nur eine Lösung auf Zeit. Aber als dann die Frau, die das zuvor gemacht hatte, eines Tages einfach nicht mehr gekommen war, ohne irgendetwas zu sagen, konnte ich die Stelle offiziell haben. Vor der Arbeit kann ich bei ihr vorbeikommen und dann wieder, wenn ich mit meiner Arbeit fertig bin. Außerdem verdiene ich jetzt sogar noch mehr, als ich eigentlich gebraucht hätte, um über die Runden zu kommen. In letzter Zeit war ich an einem Tiefpunkt in meiner Beziehung mit Gott. Ich hatte Probleme damit, ihn in meinem Leben zu sehen. Ich war depressiv und gestresst wegen meiner Arbeit und den Geldsorgen. Aber Gott hat mich wirklich versorgt! Ich kann immer mehr sehen, wie er in meinem Leben wirkt und hoffe, dass ich meine Beziehung zu ihm wieder neu erwecken kann.

Heidi, 20

Beraterin für Tieradoption – USA

Schönheit der Berge

Mit einer christlichen Gruppe war ich unterwegs beim Wandern in einer Gegend, in der es viele Gletscher gab. Wir erkannten, dass die Gletscher schmolzen, da das Schmelzwasser sich fortwährend in starken Bächen ins Tal stürzte. Manche der Gletscher waren abgedeckt, um dies zu verhindern. Am Abend hatten wir nach einem guten Abendessen noch ein geistliches Programm. Es ging um den guten Hirten. Ein Freund aus der Schweiz war früher mit seinen Kindern, Eispickel und Kamera in den Bergen unterwegs gewesen. Anhand dieser Bilder erklärte er uns, wie auch Gott als Vater seine Kinder in die Schönheit der Schöpfung einführt, sie aber auch beschützt. Nach acht Tagen sind wir wieder nach Hause gefahren. Kurze Zeit später erhielten wir eine Rundmail. Der ganze Ort, in dem wir kurz zuvor gewesen waren, musste mit 220 Leuten evakuiert werden. Es wurde befürchtet, dass einer der Gletscher brechen würde. Bis zuletzt hat unser liebender Vater uns die Schönheit der Berge genießen lassen und uns bewahrt, damit wir wieder gut nach Hause kommen. Dafür waren wir sehr dankbar.

Maria, 68

Kaufmännische Angestellte

Lebendes Wunder

Als meine Schwester auf die Welt gekommen war, stellte sich schnell heraus, dass sie eine seltene Krankheit hat. Da meine Eltern in Nigeria nicht die beste Behandlung bekommen konnten, zog meine Mama mit meiner Schwester nach Irland. Vier Jahre lebten wir getrennt, bis wir als Familie nachgezogen sind. Meine Schwester hatte immer wieder epileptische Anfälle. Eines Nachts wachte ich auf, als sie einen besonders schlimmen Anfall hatte. Ich holte meine andere Schwester dazu, da ich meine Mama nicht aufwecken wollte. Auch nachdem wir meiner Schwester ihre Medizin gegeben hatten, beruhigte sie sich nicht. Also holten wir doch meine Mama, und sie musste sie wiederbeleben. Der Krankenwagen wurde gerufen, aber auch nach weiteren vierzig Minuten war meine kleine Schwester immer noch nicht ansprechbar. Die Sanitäter gaben irgendwann auf, aber meine Mama war hartnäckig und hat weiter versucht, sie wiederzubeleben. Wir haben geweint, und meine ältere Schwester und ich haben intensiv gebetet. Nach einer Weile kam meine Schwester wieder zu Bewusstsein. In den letzten zehn Jahren hatte sie keinen Anfall mehr, und sie braucht auch keine Medikamente mehr.

Divin, 23

Studentin *(Wirtschaft)* – Nigeria

Erbe

Durch mein Studium an der Uni hatte ich viele Schulden. Als es immer mehr wurden, begann ich zu Gott zu beten und mich zu fragen, ob ich jemals schuldenfrei sein würde. Ich überlegte mir, nicht mehr zehn Prozent von meinem schon sehr geringen Einkommen an die Gemeinde zu geben. Aber ich hatte den Eindruck, dass ich Gott weiter vertrauen und nicht zulassen sollte, dass meine Umstände meinen Charakter verändern. Ich gewann neuen Frieden und habe begonnen, Gott auch für die Kleinigkeiten in meinem Alltag zu danken. Nach meinem Studium hatte ich verschiedenen kleine Jobs. Nicht unbedingt das, was ich gern gemacht habe. Aber Gott hat mir auch dafür die Kraft gegeben. Ein Jahr später hatte ich noch immer viele Schulden. Ein befreundetes Ehepaar meldete sich bei mir und erzählte, dass sie etwas von ihrem Erbe abgeben wollten. Obwohl sie nichts von meinen Schulden wussten, war ich eine der Personen, die etwas von ihrem Erbe bekommen sollten. Unsere Freundschaft hat sich dadurch noch einmal vertieft, und später haben sie mich dann auch in der Mission unterstützt. Gott war treu, und heute habe ich keine Schulden mehr. Ich bin selbst großzügiger geworden und erlebe immer noch, wie Gott mich versorgt.

Ben, 35

Mitarbeiter bei YWAM – England

Reise in Freiheit

Schon vor ein paar Jahren hatte ich mein Leben Jesus gewidmet. Trotzdem gab es eine Phase, in der ich an mehreren Punkten meines Lebens an Grenzen gestoßen bin. Ich habe einen großen Druck gespürt und mich schon länger überfordert gefühlt. Ich wusste nicht, wie ich Studium, Beziehungen und Gemeinde unter einen Hut bringen sollte. Irgendwann hatte ich das Gefühl, nie genügen zu können. Dazu kam, dass ich auch mich selbst und meinen Körper nicht mehr annehmen konnte. Obwohl ich mein Leben mit Gott leben wollte, hatte ich nicht das Gefühl, dass er auf meiner Seite ist oder Freude an mir hat. Es war ein großer Kampf, und ich war an einem sehr tiefen Punkt in meinem Leben. Zu dieser Zeit ist eine neue Mitbewohnerin in unserer WG eingezogen, die eine Liebe zu Jesus hatte. Wenn sie in ihrem Zimmer Lobpreis machte, wurde in mir die Sehnsucht geweckt, auch so voll Liebe zu Gott zu sein und seine Liebe so sehr zu fühlen. Aber es wurde auch schlimmer dadurch, weil ich umso stärker gespürt habe, wie leer ich geworden war. Ganz oft habe ich auf Knien gebetet und Gott angerufen. Dann habe ich beschlossen, in den Semesterferien eine Pause einzulegen und ganz bewusst Zeit mit Gott zu verbringen. Ich habe mit einer Seelsorgerin gesprochen, gelesen, Predigten gehört und versucht, auf Gottes Stimme zu hören. Damit begann eine Reise in eine große Freiheit und Freude. Während dieser Zeit habe ich mich verändert und ganz viel Wahrheit erfahren. Ich habe Wege gefunden, mit mir selbst, meinen Gefühlen und meiner Begrenztheit umzugehen. Die neue Mitbewohnerin wurde zu einer meiner engsten Freundinnen und erinnert mich immer wieder daran, dass Gott die richtig guten Dinge oft überraschend in mein Leben stellt. Ich habe das nicht unter Kontrolle, aber er versorgt und führt mich gut. Auch eine sehr schwierige Beziehung ist in Folge dieser Prozesse heil geworden, und auch daraus ist eine neue Freundschaft entstanden. Gott hat uns beide nicht losgelassen, sondern verändert und zusammengeführt. Es gibt mir Hoffnung zu wissen, dass es deshalb keine hoffnungslose Beziehung geben kann. Denn Gott kann sogar aus einem schlechten Beginn und Konflikten eine Freundschaft entstehen lassen. Natürlich gibt es für mich immer noch viel zu lernen. Aber ich weiß jetzt, dass Gott auf meiner Seite ist. Ich selbst habe nichts zu bieten, sondern bin völlig auf Gottes Gnade angewiesen. Mittlerweile schaue ich ganz anders auf mein Leben, meine Zukunft und auf Gott. Ich habe meine Identität in ihm und muss nicht mehr krampfhaft versuchen, zu genügen.

Jana, 25

Studentin (*Medizin*)

Segen

Gott war in diesem Sommer sehr präsent in meiner Familie. Gleich am Anfang hat mein Sohn sich einen Finger der linken Hand gebrochen. Das war besonders herausfordernd, da er Linkshänder ist. Doch schon drei Tage später konnte mein Sohn wieder an mehreren Fußball-Spielen teilnehmen.

Die Ärzte waren sehr überrascht über die schnelle und unkomplizierte Genesung. Auch wenn der Finger noch nicht komplett geheilt war, hat er während der Spiele immer wieder Schutz erfahren. Er hat sogar einen Preis gewonnen, und es steht im Raum, dass er in das Team der Universität aufgenommen wird.

Während einer Reise hat sich mein Sohn einen sehr schlimmen Sonnenbrand zugezogen. Schon eine Woche, nachdem er beim Arzt war, konnte er wieder Fußball spielen.

Mein Mann und ich haben immer wieder erlebt, wie unser Vertrauen auf Gott belohnt wurde und er insbesondere unseren Sohn sehr reich gesegnet hat.

Selina, 30

Erzieherin – USA

Heilungstaten

Als ich zehn war, haben sich meine Eltern getrennt. Es war ein harter Schicksalsschlag für mich und meine Familie. In einer Zeit, in der man seine Mutter weinend und verzweifelt auf dem Boden sitzen sieht, seinen Vater plötzlich verfluchen lernt, statt ihn zu lieben, man so gut wie möglich hilft, die Geschwister mitzuerziehen, ruckartig aus der heilen Kindheit gerissen wird und selbst in einem so tiefen Loch sitzt, dass kaum noch jemand an einen herankommt, da ist es manchmal schwierig, dennoch Vertrauen auf Gott zu setzen. In der Grundschule hatte ich mich noch glücklich und geborgen gefühlt, aber als ich auf die weiterführende Schule kam, änderte sich das. Sehr schnell wurde ich vom Mittelpunkt des Geschehens weggeholt und wurde zum Außenseiter. Ich war eine graue Maus, die sich andauernd vor gehässigen Blicken und lästernden Worten ducken musste. Wie sollte ich da Gott noch vertrauen? Aber es schien, als hätte er mich noch nicht aufgegeben. Nach drei Jahren Hänselei konnte ich an eine christliche Schule wechseln, an der auch eine Freundin von mir war. Im Nachhinein bin ich mir sicher, dass ich ohne Gottes Begleitung in diesen drei Jahren zuvor ein Ende gesetzt hätte. An der neuen Schule überschüttete Gott mich mit Heilungstaten. Meine Mutter hat wieder geheiratet, und wir konnten in ein größeres Haus ziehen. Ich wurde Teil einer christlichen Musik-Gruppe, in der ich wieder aufblühen konnte und auch meine erste große Liebe fand. Nachdem ich meinen Stand wieder etwas gefestigt hatte, konnte ich auch endlich meinem Vater wieder näherkommen. Obwohl das Verhältnis zwischen meinen Eltern weiterhin schwierig ist, haben meine Geschwister und ich es geschafft, uns beiden Seiten sehr verbunden zu fühlen. Ich liebe meine Eltern. Trotz ihrer Fehler, trotz der gescheiterten Ehe. Sie sind, wie wir alle, Menschen, und Menschen sind dazu verdammt, Fehler zu machen. Durch Gottes große Gnade und Liebe habe ich gelernt, das Gute im Menschen zu sehen und ihn mit allen Schwächen zu lieben. Wir sind immer auf dem Weg, niemals angekommen und niemals ganz heil. Aber Gott ist bei uns, an jedem Tag und in jeder Stunde. Auch wenn wir ihn manchmal nicht sehen oder verstehen können.

Annika, 18

Schülerin

Unterkunft

Während des Studiums wollte ich ein Praktikum in England machen. Im Voraus habe ich um eine WG gebetet. Es war sehr schwierig, für zwei Monate etwas Bezahlbares zu finden. Zudem hätte ich auch gerne während dieser Zeit ein Fahrrad gehabt. Es war also eine fast schon unmögliche Konstellation. Ich hatte bereits verschiedene Leute angeschrieben, aber alles war schon vergeben oder nicht bezahlbar. Dann hat sich das Ganze noch von der Uni aus verzögert, weshalb ich erst zwei Wochen später weiter nach Wohnungen suchen konnte. Sofort bekam ich eine richtig lange, herzliche E-Mail zurück, von einer WG mit zwei Christinnen. Die Wohnung war in perfekter Lage und mit passendem Zeitraum. Das Beste war, dass mir, ohne dass ich gefragt hätte, sofort angeboten wurde, das Fahrrad der Vermieterin zu benutzen. Ich war sehr überrascht, da sich die WG wirklich als Geschenk herausgestellt hat. Dadurch kam ich in eine tolle Gemeinde, die mein Praktikum und meine Zeit dort hauptsächlich ausgemacht hat und von der ich geprägt wurde und von der ich ganz viel profitiert und gelernt habe.

Jana, 25

Studentin (*Medizin*)

Flugticket

Als meine Töchter drei und fünf Jahre alt waren, war ich gerade auf dem Weg nach Paraguay. Am Flughafen in Miami wurde mir gesagt, dass ich noch weitere vierhundert Dollar für mein Ticket bezahlen müsse. Allerdings wurden dort keine Schecks angenommen. Also musste ich Fremde anflehen, mir Geld zu geben, was aber nicht geklappt hat. Da es damals noch kein Internet gab, war ich sehr erleichtert, als ich endlich ein Telefonbuch gefunden hatte. Ich suchte die Telefonnummer einer mennonitischen Organisation heraus, die ich kannte. Nachdem ich dem Leiter mein Problem geschildert hatte, reagiert er ganz gelassen. Soeben hatte er für vierhundert Dollar ein Auto verkauft. Kurze Zeit später war er bei mir, und ich konnte das Flugticket bezahlen.

Mary Ann, 69

Lehrerin – USA

Perfekte Zeitplanung

Im Sommer war ich für vier Monate im Ausland. Als ich wieder zuhause war, habe ich mich sehr darauf gefreut, meine Freunde wiederzusehen. Insbesondere mit einer Freundin wollte ich mich treffen, um zu hören, was sich so in ihrem Leben getan hat, während ich weg war. Da sie gerade ihre Examensarbeit schreibt, hatte sie nur am Montag Zeit. Am Montagmorgen bekam ich dann einen Anruf, dass ihr Mann einen Sportunfall gehabt habe und wir deshalb unseren Termin verschieben müssten. Am Dienstag wollte ich Blut spenden gehen, was bislang auch immer geklappt hat. Doch dieses Mal waren meine Eisenwerte viel zu niedrig, sodass ich früher fertig war als geplant. Zuerst war ich etwas sauer, dass ich jetzt meine Zeit vergeudet hatte. Auf dem Weg zur Straßenbahn sah ich dann aber meine Freundin. Sie war gerade auf dem Weg zu ihrem Mann ins Krankenhaus. Gott hat also unsere Not gesehen und es möglich gemacht, dass wir uns treffen konnten. Das war für mich wie ein kleines Geschenk im Alltag und hat mich daran erinnert, dass Gott für uns sorgt und wir seiner Zeitplanung vertrauen können. Er kann sogar unsere Schwäche nutzen, um seine Souveränität und Größe zu zeigen.

Maren, 25

Grundschullehrerin

Lebensgestaltung

Eine Weile, nachdem ich meine Ausbildung angefangen hatte, ist mir bewusst geworden, dass es nicht das war, was ich machen will. Bis ich an diesem Punkt war, hat es Zeit gebraucht, die auch mit Fragen und Zweifeln an mir selbst verbunden war. Bisher war mein Leben immer planmäßig verlaufen. Alles, was ich begonnen hatte, wurde auch erfolgreich zu Ende gebracht. Nun schien dieses Vorhaben zum ersten Mal nicht zu funktionieren. Also wandte ich mich an Gott und fragte ihn, wie es jetzt weitergehen sollte. Ich dachte, wenn er mir das klar zeigen würde, könnte ich wieder glücklich sein. Der fertige Lebenslauf wurde nicht mit der Post geschickt, und die richtige Entscheidung auch nicht ins Ohr geflüstert. Die Antwort kam durch eine Freundin im Gebetshaus. Sie machte mir klar, dass ich reich mit Talenten beschenkt sei und ich meine Kreativität nutzen könne, um selbst mein Leben zu gestalten. In diesem Moment wurde mir eine schwere Last von den Schultern genommen. Plötzlich habe ich erkannt, dass Gott ein Gott der Möglichkeiten, der Freiheit und der Veränderung ist. Meine Lebensgeschichte trägt seine Handschrift, aber ich bin keine Marionette. Mich erwartet ein Leben voll Zukunft und Kreativität.

Franziska, 21

Studentin (Integrative Heilpädagogik)

Eindruck

Während einer Silvesterfreizeit meiner Gemeinde gingen wir in die Innenstadt von Bamberg, um dort Leute zu ermutigen und für sie zu beten. Wir waren zu zweit unterwegs, und ich hatte den Eindruck, dass wir einem Mann mit einer gelben Steppjacke begegnen würden und für ihn beten sollten. Kurz bevor wir unseren Einsatz beendeten, begegnete ich einem Mann mit einer gelben Jacke. Ich bin zu ihm hingegangen und habe gefragt, ob es etwas gebe, wofür ich beten könne. Dann habe ich wahrgenommen, dass noch eine Frau neben ihm stand, mit der er Händchen hielt. Bevor der Mann antworten konnte, fragte die Frau, ob wir die beiden streiten gesehen hätten. Ich verneinte nur, und der Mann wollte auch kein Gebet, da er kein Christ sei. Er hat nicht daran geglaubt, dass Gott etwas für ihn tun könnte. Das Einzige, das er in Erwägung zog, war ein Gebet für die Frau, damit sie einsehe, dass er sie liebe. Nach der Frage, ob die beiden verheiratet seien, eröffneten sie mir ihr Problem. Er war verheiratet, sie alleinstehend. Wir haben für sie gebetet, was die Frau zu Tränen gerührt hat. Was das Gebet bei den beiden bewirkt hat, weiß ich nicht, aber ich bin mir sicher, dass etwas passiert ist und Gott sie berührt hat.

Marina, 24

Elektroingenieurin

Neue Schöpfung

Vor etwa einem Jahr war ich in meinem Herzen ziemlich weit weg von Gott. Ich ging jeden Sonntag in die Gemeinde, aber rang jahrelang mit meinen Zweifeln an meinem Glauben an Gott. Fast jeden Abend stand ich am offenen Fenster und habe zu Gott gerufen, er solle mich retten. Ich hatte genug von dieser inneren Leere und darin gefangen zu sein, Menschen zu gefallen, beliebt zu sein. Immer wieder dachte ich, ich hätte etwas falsch gemacht und lebte in dem Wahn, ich sei nicht gut genug, nicht schön und nicht intelligent. Ich lebte von der Anerkennung und dem Lob von Menschen und war gefangen in Perfektionismus. Mein Leben bestand aus zwei Welten. Zum einen eiferte ich meinen Schulfreunden nach, zum anderen war da Gott und die Gemeinde. Ich wusste nicht, dass es diesen Zwischenzustand eigentlich nicht gibt und man sich nur für oder gegen Gott entscheiden kann. Am tiefsten Punkt meines Lebens habe ich eine Jüngerschaftsschule bei YWAM gemacht. Gott forderte mich auf, mich zu öffnen und mich verletzlich zu machen, was mir nicht leichtfiel. Ich hatte Angst, verletzt und enttäuscht zu werden, Angst, Menschen würden mich verurteilen und sehen, dass ich überhaupt nicht perfekt bin. Es war ein langer Prozess, verbunden mit inneren Kämpfen mit Gott. Aber meine Leiter haben eine so authentische Liebe und Annahme ausgestrahlt, wie ich es von meinem Umfeld nicht kannte, weder aus der Schule noch aus der Gemeinde. Ich erlebte meine Heilung von Verletzungen und

Bitterkeit, die ich niemals hätte allein erringen können. Ich habe vergeben müssen, um in echte Freiheit zu kommen. Nicht nur meinen Mitmenschen, aber vor allem auch mir selbst. Gott ist mit mir tiefer gegangen, als ich jemals zu träumen gewagt hätte. Ich ging mit einer radikal neuen Denkweise und Einstellung zum Leben nach Hause. In der Zeit hatte ich gelernt, Jesus zu folgen. Ich hatte gelernt, mich selbst zu verleugnen, sprich meiner Selbstsucht keinen Raum mehr zu geben, und meinen Stolz abzulegen. Und ich weiß, dass das nur durch die Gnade Gottes möglich war. Ich will niemals vergessen, wieviel Gott mir in dieser Zeit geschenkt hat. Ich habe fundamental verstanden wer ich bin, wie Jesus mich sieht, ja, wer er eigentlich ist. So viel Kopfwissen, welches ich mir über mein jahrelanges „Christsein" angeeignet hatte, rutschte in mein Herz. Ich verstand zum ersten Mal: Wir müssen nicht perfekt sein. Gott liebt ehrliche Herzen, und er wird antworten.

Christina, 20

Studentin (Theologie und Soziale Arbeit)

Freude beim Zahnarzt

Eine meiner Freundinnen hatte einen Termin beim Zahnarzt. Ich habe sie hingefahren, und da kaum etwas los war, spontan auch mal wieder meine Zähne angucken lassen. Bevor die Ärztin ins Zimmer kam, hat mich einfach der Gedanke überwältigt, wie genial Gott ist. Er hat uns so einen komplexen Verstand gegeben, um diese ganzen Technologien zu entwickeln. Einige Minuten später war ich aber schon wieder weniger begeistert. An zwei Stellen war Karies gefunden worden. Da es aber an einer ungünstigen Stelle war, sollte erst mal ein Röntgenbild gemacht werden. Währenddessen habe ich zu Gott gebetet, dass der Karies verschwindet. Als die Ärztin mit dem Röntgenbild zurückkam, war sie ganz verwundert, weil auf dem Bild nichts von Karies zu sehen war. Darüber hinaus hatte ich schon viele Jahre eine Macke an meinem Zahn, da ich mir mit 12 Jahren einen Teil meines Schneidezahnes mit einer Pfanne abgeschlagen hatte. Bislang hatten alle Zahnärzte das immer kommentiert, aber nichts dagegen unternommen. Aber dieses Mal wurde mir gesagt, dass das repariert werden könne, was auch sogleich gemacht wurde. Jetzt bin ich jedes Mal total dankbar, wenn ich mich im Spiegel angrinse.

Simon, 22

Schreiner

Rote Ampel

Während meines Freiwilligendienstes in Kanada arbeitete ich mit einer Organisation zusammen, deren Ziel es war, Menschen mit Behinderung besser in die Gesellschaft zu integrieren. Eines Abends, nachdem ich meine Schicht beendet hatte, durfte ich eins der Autos nehmen, um nach Hause zu fahren. An der Kreuzung wechselte die Ampel auf Rot. Ich stieg auf die Bremse, aber die logische Folge blieb aus. Ich schickte ein Stoßgebet zu Gott und schlitterte auf die Kreuzung zu, da die Straße auch noch sehr glatt war. In der Mitte der Kreuzung rammte mich ein Auto von links. Mit dem Auto wirbelte ich 360 Grad umher und kam dann in einer Ecke zum Stehen. Ich atmete dreimal tief ein und testete meine Beweglichkeit. Keine einzige Verletzung war zu sehen. Das Auto, das mich gerammt hatte, war etwa so groß wie ein Kombi. Hätte mich stattdessen einer der dort typischen Geländewagen getroffen, wäre ich schwer verletzt oder sogar tot gewesen. Aber Gott hat mich auf wundersame Weise bewahrt und mich am nächsten Tag sogar noch mit einem Päckchen beschenkt, das mit deutschen Leckereien gefüllt war.

Ricarda, 22

Gesundheits- und Krankenpflegerin

Bauchschmerzen

An einem Abend war ich gerade zu Besuch bei einer Freundin. Ich hatte sehr starke Bauchschmerzen und dachte an das Risiko, das dabei besteht. Was wenn die Schmerzen nicht weggehen? In Jesu Namen habe ich den Schmerzen befohlen zu gehen, und sie waren weg.

Rebecca, 15

Schülerin

Kind Gottes

Obwohl ich in einem christlichen Elternhaus aufgewachsen bin, hatte ich keine lebendige Beziehung zu Jesus. Sechs Monate Jüngerschaftsschule haben alles verändert. In dieser Zeit habe ich festgestellt, dass ich viele Lügen über mich selbst geglaubt habe. Es gab Zeiten in meinem Leben, wo ich mich selbst schon aufgegeben habe und mich als verloren gesehen habe. Ich habe geglaubt, ich könnte nie gut genug sein. Ich habe geglaubt, dass ich überhaupt keine Stärken habe und dass ich überhaupt nichts gut kann. Ich habe mich mit Anderen verglichen und mich selbst verdammt. Ich wusste nicht, wie viel Wert ich eigentlich in Gottes Augen habe. In meiner Jüngerschaftsschule durfte ich Stück für Stück lernen, wie Gott über mich denkt. Ich habe gelernt, dass Gott mich überhaupt nicht als verloren ansieht und mich nicht aufgegeben hat, sondern einen einzigartigen Plan für mein Leben hat, den niemand sonst auf der Welt hat, weil er genau zu mir passt. Ich habe Prophezeiungen zu meinem Leben erhalten, die ich bis heute noch nicht fassen kann, weil sie so großartig sind. Ich habe Schritt für Schritt Gaben entdeckt, die Gott mir gegeben hat und die er gebrauchen möchte. Ich habe festgestellt, dass ich genug bin, weil sich mein Wert dadurch definiert, wer ich in Gottes Augen bin und nicht durch das, was ich getan habe. All die schlechten Dinge, die ich getan habe, und all die Enttäuschung, die ich in meinem Leben erlebt habe, sind kein Grund, mich selbst aufzugeben, sondern im Ge-

genteil: Gott möchte genau diese Dinge benutzen, um anderen Menschen zu dienen, weil er in meiner Schwachheit stark ist. Ich habe erfahren, dass Gott mir Heilung schenken möchte und es auch tut, wenn ich bereit dazu bin, mein Herz zu öffnen. Ich bin immer noch überwältigt von den Momenten, in denen Lasten abfallen, in denen ich realisiere, dass ich Heilung für Dinge empfangen habe, von denen ich nie gedacht habe, dass es dafür Heilung gibt und die mir bewusst machen, wie sehr Gott mich liebt. Es gibt überhaupt keinen Grund, mich selbst zu verdammen, weil ich in Gottes Augen kein Sünder, sondern sein geliebtes Kind bin. Ich durfte erfahren, dass Gottes Charakter wunderschön ist und dass seine Gnade unermesslich groß ist. Ich habe erlebt, dass für Gott keine Situation aussichtslos oder verloren ist. Er kann aus jeder Situation etwas Wunderschönes entstehen lassen. Selbst die unwürdigsten Dinge benutzt er, um seine Herrlichkeit zu offenbaren.

Jeremy, 19

Student (Lehramt)

Brutaler Angriff

Meine Mutter war alleinerziehend. Meinen Vater oder seine Familie habe ich nie kennengelernt. Als ich noch klein war, beschloss meine Mama in eine größere Stadt zu ziehen. Dort wollte sie Arbeit finden und erhoffte sich bessere Chancen für ihre Kinder. Nachdem wir ein Jahr bei Verwandten gewohnt hatten, gab es einen Streit, und ich kam das erste Mal so richtig mit Armut und den Schwierigkeiten des Lebens in Kontakt. Diese Erfahrung hat mich bitter gegenüber meiner Familie gemacht, weil sie uns nicht half. Ich habe die Hoffnung verloren und wurde Teil einer Verbrecherbande. Schon in jungen Jahren habe ich schreckliche Dinge getan. Mein Leben war zerbrochen und geprägt von Verwirrung. Als ich 15 war, war unsere Gruppe gerade dabei, Leute auszurauben, als wir von einer anderen Gruppe brutal angegriffen wurden. Am nächsten Tag bin ich in einen Gottesdienst gegangen, und die Predigt hat genau in mein Leben gesprochen. Ich habe mein Leben Jesus gegeben und seitdem hat sich alles verändert. Nach meiner Ausbildung hat Gott mich durch eine Vision in die Mission berufen.

Siyabonga, 30

Koch – Südafrika

Neue Perspektive

Seit meiner Kindheit leide ich unter einer Krankheit, die immer wieder mit neuen Herausforderungen verbunden ist. Anfangs war es sehr schwer für mich, damit umzugehen. Zeitweise habe ich geglaubt, dass Gott wollte, dass ich Schmerzen habe. Ich habe vor anderen Leuten eine Maske aufgesetzt und so getan, als wüsste ich, wer Gott ist. Dabei habe ich nur mir selbst etwas vorgemacht. Dann kam ein Punkt in meinem Leben, an dem ich Gott in meinem Leiden und meiner Not erfahren habe. Ich habe gemerkt, dass auch ich Anteil am Leiden Jesu habe. Mit der Zeit habe ich angefangen, Gott für mein Leiden zu loben, weil ich glaube, dass es einen Sinn dahinter gibt. Trotzdem gibt es immer noch Tage, an denen ich nicht weiterweiß und mir nichts anderes übrigbleibt als Gott komplett zu vertrauen. Jeder Tag ist herausfordernd, aber wenn ich Jesus in meine gegenwärtige Situation einlade, beginnt sich langsam meine Perspektive zu verändern. Der Glaube, dass Jesus bei mir ist, hilft mir durchzuhalten. Wenn ich auf mein Leben zurückschaue, kann ich sehen, wie Gott mein Leben zum Guten verändert hat und ich kann nicht anders, als ihn dafür zu preisen.

Noble, 22

Filmemacher – Irland

Freisetzung

Während eines Missionseinsatzes in Bali habe ich mit einem Team ein Kinderheim besucht. An unserem letzten Abend waren wir schon sehr müde, haben aber trotzdem beschlossen, noch für die Frauen zu beten, die dort arbeiten. Als wir gerade für eine bestimmte Frau beteten, wusste ich plötzlich, dass sie von Männern schlecht behandelt wurde. Gott trug mir auf, mich im Namen dieser Männer bei ihr zu entschuldigen. Es kostete mich viel Überwindung, aber ich habe es gemacht. Noch bevor ich fertig war, fing die Frau an zu weinen. Ihr Mann hatte sie missbraucht und aus diesem Grund lebte sie auch nicht mehr mit ihm zusammen. Wir haben die Frau ermutigt und ihr Jesu Liebe gezeigt. Etwas später wusste ich, dass es Zeit war, dass die Frau Vergebung ausspricht. Wieder kostete es mich viel Mut, bis ich sie damit konfrontierte. Sie hat mehrere Minuten gebraucht, um sich zu sammeln und die richtigen Worte zu finden. Dann guckte sie mir geradewegs in die Augen und sprach Vergebung aus. In diesem Moment konnten wir sehen, wie sich ihr ganzes Aussehen veränderte. Eine Last fiel von ihren Schultern ab. Sie war freigesetzt und erfüllt von Liebe.

Tom, 24

Lehrer – Niederlande

Meine Suche

Meine Eltern haben nicht an Jesus geglaubt. Nach der Schule bin ich viel in der Welt umhergereist. Ich habe mich nach Liebe gesehnt und Erfüllung in Meditation, Esoterik, Sex, Drogen und Parties gesucht. Nur mit Religion wollte ich nichts zu tun haben. Irgendwann kam der Punkt, an dem ich innerlich zerbrochen war. Ich fühlte mich verloren und verwirrt. Nachdem die Mutter meines Kindes mich verlassen hatte, war ich verzweifelt. In dieser Situation kam ein Freund mit seiner Frau und seinem Kind zu mir. Sie haben für Vergebung und ein neues Herz in Jesu Namen gebetet. Während dieses Gebets hat es sich so angefühlt, als würde ein Funken Leben in mein Herz kommen. Gott hat mir geholfen, so vieles zu verstehen. Insbesondere, was er über Beziehung und Ehe denkt, wer er ist und wie sehr er uns liebt. Am nächsten Morgen habe ich beschlossen, den Tag mit einem kleinen Gebet zu beginnen. Es war das erste Mal, dass ich zu Gott gebetet und überhaupt seinen Namen ausgesprochen habe. Innerhalb eines Monats hat sich ein Gefühl von Erfüllung in meinem Herzen ausgebreitet. Ich dachte, wenn ich ein guter Christ werde, wird die Mutter meines Kindes zu mir zurückkommen. Aber das ist nicht passiert. Nach einem Monat schrie sie mich an, sagte mir, dass sie mich hasst und dass sie mittlerweile in einer neuen Beziehung ist. Wieder zuhause, habe ich Gott gesagt, dass ich aufgebe und ihm vorgeworfen, dass das mit dem Christsein nicht funktioniert. In diesem Moment habe ich Gott einfach alles hingelegt und gemerkt, wie die Gegenwart Gottes über mich gekommen ist. Zu Beginn hat es mir Angst gemacht, aber dann hat Gott mir seine unbeschreibliche Liebe offenbart und mir Frieden gegeben. Das war die Liebe, nach der ich mich immer gesehnt hatte. Plötzlich habe ich verstanden, dass Gott Liebe ist und dass die Bibel eigentlich ein Buch über Liebe ist. Trotzdem habe ich mich immer noch dagegen gewehrt, Christ zu werden. Stattdessen habe ich mich nach anderen Lehrern und Gurus in der Welt umgesehen und versucht, so wie sie zu leben. Aber schnell merkte ich, dass nichts mit Jesus vergleichbar ist und ich nur bei ihm wirklich zur Ruhe kommen kann. Endlich habe ich verstanden, dass ich Jesus brauche, und ihm mein Leben gegeben. Gott hat mich damit beauftragt, anderen von seiner Liebe zu erzählen. Auch wenn immer wieder Sorgen und Probleme auftreten, habe ich verstanden, dass Vertrauen eine Entscheidung ist. In diesem Glauben lebe ich und bin dankbar für alles, was Gott mir schon geschenkt hat.

Nathan, 35

Event-Manager – Australien

Fehlendes Vertrauen

In meiner Jugend war ich der Ansicht, dass ich ein Christ bin und wusste auch alles Entscheidende über Gott, die Bibel und Jesus. Was mich aber irritierte, war der Eindruck, dass andere Christen etwas hatten, was ich nicht hatte. Ich wusste nicht, was es war, aber es führte dazu, dass ich während eines Spaziergangs nochmal ganz bewusst mein Leben Jesus gegeben habe. Doch trotzdem blieb der Eindruck, und ich hatte nicht den Mut, mit jemand darüber zu reden. An einem Abend waren wir als Jugendkreis bei einem Ehepaar zum Essen eingeladen. Die Frau hielt nach dem Essen eine Andacht und begann damit, dass sie immer den Eindruck habe, andere Christen hätten etwas, was sie nicht habe. Ihr sei damals bewusst geworden, dass sie noch nicht alle Bereiche ihres Lebens Jesus gegeben hatte. Das war also nicht die Lösung für mich, da ich dachte, das hätte ich getan. Am nächsten Tag kam im Fernsehen eine Sendung über Ufos. Darin wurde ein Text aus der Bibel missbraucht, um die Existenz von Außerirdischen zu beweisen. In diesem Moment fiel mein Glaube in sich zusammen. Relativ schnell wurde mir klar, dass sich daraus Konsequenzen ergeben, wenn ich nicht mehr an Gott und die Bibel glaube. Es schien mir der richtige Weg, alle christlichen Kreise zu verlassen. Jedoch wollte ich auch nicht meine Freunde verlieren und auch mit niemandem über meine Entscheidung reden. Darum beschloss ich, meinen Glauben vorzutäuschen. Da ich mich weiterhin in christlichen Kreisen bewegte, drehten sich meine Gedanken auch immer wieder um Gott und die Bibel. Während einer Fahrt auf meinem Mofa wurde mir plötzlich einiges klar. Ich wusste, dass es Gott gab und dass er der Gott der Bibel ist. Mein Problem war wirklich, dass ich nicht alle Bereiche meines Lebens Jesus gegeben hatte, weil ich Angst hatte und ihm nicht vertraute. Eines Tages fragte mich mein Jugendleiter, ob ich eine Andacht vorbereiten könne. Ich lehnte erst ab, aber als sich niemand anderes fand, sagte ich notgedrungen zu. Ich wusste aber nicht, worüber ich reden sollte, wenn ich selbst nicht glauben konnte. Ich schlug willkürlich eine Stelle in der Bibel auf, und der Text traf mich mitten ins Herz. Darin erklärt Jesus, dass er dem Satan erlaubt hat, uns auf die Probe zu stellen, damit offenbar wird, ob unser Glaube echt ist oder nicht. Aber Jesus sagt weiter, dass er auch für uns betet, dass unser Glaube nicht aufhört. Jesus hat mich ganz persönlich auf dem Herzen. Weil er mich liebt, will er mich nicht verlieren, und deshalb kann ich ihm vertrauen.

Wolfgang, 41

Pastor

Mittelohrentzündung

Eines Nachts hatte ich einen Traum. Ich sah mich mit einer dunkelhaarigen Mitarbeiterin in der Tanzschule stehen und beten. Alles war sehr detailliert erkennbar, aber ich erkannte nicht, wer das Mädchen war. Am nächsten Tag freute ich mich schon auf die Begegnung und war gespannt, was Gott mir mit dem Traum sagen wollte. Das Problem war nur, dass meine Mitarbeiterin blond war. Deshalb war ich mir nicht sicher, ob Gott mir wirklich etwas mit dem Traum sagen wollte. Zu meiner Überraschung war sie aber an diesem Tag nicht da, sondern wurde von einem braunhaarigen Mädchen vertreten. Trotz meiner Aufregung fragte ich, wie es ihr gehe, und sie klagte über Schmerzen, da sie unter einer Mittelohrentzündung litt. So langsam wurde ich immer aufgeregter und begann während der Arbeit still zu beten. Ich bat Jesus, mir ganz konkret zu zeigen, was ich tun sollte. Mir war klar, dass es keine Anleitung für Heilung gab, sondern dass es allein von Gott abhing. Selbst Jesus hat sich nach dem gerichtet, was sein Vater tat, da er von sich aus nichts tun konnte. Beim Beten war mir so, als sähe ich vor meinem inneren Auge eine Ohrmuschel und einen Mund daneben. Ich verstand das als Anweisung und ging etwas unsicher zu meiner Mitarbeiterin. Ich bat sie, sich an genau den Platz zu stellen, den ich in meinem Traum gesehen hatte. Sie war bereit, an einem Experiment teilzunehmen und etwas hastig pustete ich ihr kräftig in ihr linkes Ohr. Dann machte ich mich schnell wieder auf den Weg zu meinem Arbeitsplatz. Etwas verwundert fragte sie mich, warum ich das gemacht hätte. Daraufhin erklärte ich, was ich gerade versucht hatte, und gab Zeugnis von dem Traum und Gottes Absicht, sie zu heilen. Sie konnte das gut annehmen. Nach etwa einer halben Stunde fragte ich, wie es um ihr Ohr stünde. Ganz überrascht schaute sie mich fassungslos an. Die Schmerzen waren verschwunden! Nach der Arbeit war der Schmerz nicht zurückgekehrt. Auch am nächsten Tag konnte sie auf ihre Schmerztabletten verzichten. Ich konnte es selbst nicht wirklich glauben. Nebenbei erzählte sie mir noch, dass man bei Mittelohrentzündung auf keinen Fall ins Ohr pusten dürfte. Sie wusste das, da sie Arzthelferin bei einem Kinderarzt war. Wenn ich das gewusst hätte, wäre ich dem Eindruck vermutlich nicht so mutig nachgegangen. Stattdessen hätte ich mich mehr auf meinen Verstand verlassen und nicht auf das, was Gott mir gezeigt hat.

Gregor, 34

Tanzlehrer

Demut

In diesem Sommer wollte ich mir etwas Zeit für mich selbst nehmen, um meine inneren Batterien wieder aufzufüllen. Dafür bin ich einen Monat nach South Dakota gegangen, um dort nach verschiedenen Naturkatastrophen beim Aufbau von Häusern zu helfen. 2015 wurden während eines starken Sturms mehr als 400 mobile Wohnhäuser zerstört. So wie Jesus hatte ich den Wunsch, anderen zu dienen. Ich hatte aber nicht mit der Demut der Menschen vor Ort gerechnet. Ich habe einen Mann kennengelernt, der sehr demütig und liebenswürdig war, als er sein neues Haus erhalten hatte. Für ihn war nicht wichtig, wann das Haus fertiggestellt wird, sondern er war glücklich darüber, dass er überhaupt ein neues Haus bekommen hatte. Er hat mir erzählt, wie er Christ geworden ist und Drogen und Alkohol hinter sich lassen konnte, obwohl seine Freunde seine Entscheidung nicht verstanden haben. Seine Einstellung gegenüber dem Leben hat sich dramatisch verändert. Er lebt in einer sehr armen Gegend und arbeitet als Automechaniker. Wenn Kunden nicht bezahlen können, gibt er ihnen die Möglichkeit, für die Kosten aufzukommen. Ich habe gelernt, dass wir viel von anderen lernen können, wenn wir ihnen dienen.

Gary, 48

Lehrer – USA

Gottes Kraft

Meine Großeltern haben einen wesentlichen Teil dazu beigetragen, dass ich Jesus kenne und ihm nachfolge. Sie haben ganz selbstverständlich ihren Glauben vorgelebt und geduldig meine vielen Fragen beantwortet. Schon mit fünf Jahren wollte ich wie mein Opa Pfarrerin werden. In meiner Vorstellung saßen meine Großeltern in der ersten Reihe, wenn ich meine erste Predigt als Pfarrerin halten würde, und mein Opa würde mich und meinen Zukünftigen eines Tages trauen. Doch dann kam alles anders.

Meine Oma starb an einem Herzinfarkt. Das war bis dahin der schlimmste Moment, den ich in meinen 14 Jahren erlebt hatte. Ich stand kurz vor meiner Konfirmation und konnte mir nicht vorstellen, diese ohne meine Oma zu feiern. Ich war traurig und wütend auf Gott, weil er mir viel zu früh meine Oma genommen hatte. Ich fühlte mich teilweise weit weg von Gott, spürte aber auch, wie er mich tröstete und stärkte. Mit der Zeit fand ich wieder Frieden, und der Alltag kehrte zurück.

Doch dann wurde bei meinem Opa Leukämie diagnostiziert. Es ging immer wieder bergauf und bergab, und ich war total überfordert mit der Situation. Er hatte eine Lebenserwartung von sechs Monaten bis fünf Jahre. Langsam wurde mir bewusst: Mein Opa wird nicht dabei sein, wenn ich zum ersten Mal auf die Kanzel steige, und auch meine Trauung wird er vermutlich nicht vornehmen. Ich wollte das nicht wahrhaben und versuchte die Tatsachen zu ignorieren. Stattdessen fragte ich meinen Opa, was er noch machen wolle. Seine Antwort war eine Fahrt an den Gardasee. Also begann ich zu planen und schob jede Verschlechterung seines Zustandes beiseite.

Aber dann kam der Punkt, an dem der Krebs seine Hirnhaut angriff. In kürzester Zeit konnte er nicht mehr sprechen, war ans Bett gebunden und konnte sich kaum noch bewegen. Also beschloss ich den Gardasee in Form einer Bildershow zu ihm zu bringen.

Aber eines Abends war er eingeschlafen. Nach weniger als sechs Monaten. An diesem Abend hatten wir gemeinsam mit ihm und unserem Pfarrer gesungen und gebetet. Dabei hatte er Frieden gefunden. Aber ich hatte keinen Frieden. Noch einmal schien meine Welt zusammenzubrechen. Ich vermied es, über das Thema Tod oder meinen Opa zu reden. Nicht mal Gott ließ ich da ran.

Freunde von mir luden mich dann zu einem Lobpreisabend ein. Eigentlich mochte ich so etwas immer gern, aber nach dem, was passiert war, hatte ich keine Freunde an den Liedern. Trotzdem ging ich mit. Es gab verschiedene Stationen, die man besuchen konnte. Aber ich hatte keine Kraft und keine Lust, mich mit meinen Freuden und Leiden auseinanderzusetzen, oder über irgendetwas nachzudenken. Ich saß einfach nur da, während mir tausend Gedanken gleichzeitig durch den Kopf schossen. Ich fühlte mich ganz verloren, als mir plötzlich ein Gebet über die

Lippen kam. Ich bat Gott einfach nur um Kraft. Das brauchte ich in diesem Moment wirklich. Um in der Menge nicht so aufzufallen, beschloss ich auch mal aufzustehen. Ich musste ja nicht zu den Stationen hingehen. Auf meinem Weg durch den Raum kam ich am Taufstein vorbei. Dort stand ein Korb, aus dem man sich eine Karte mit einem Bibelvers ziehen konnte. Ich zuckte mit den Schultern und griff hinein. Heraus zog ich einen Vers, in dem stand, dass Gott mich mit Kraft ausrüstet und meinen Weg gerade macht (Psalm 18,33). Ich begann zu lächeln. Obwohl ich mich an diesem Abend geweigert hatte, meine Aufmerksamkeit Gott zu schenken, hat er mich gehört. Den kleinen Satz, den ich zwischen vielen schlechten Gedanken gebetet hatte, hat er gehört und direkt darauf geantwortet.

Je öfter ich mir den Vers durchlas, desto mehr spürte ich, dass ich nicht allein bin. Ich wusste, dass die kommende Zeit schwer werden würde, aber ich würde sie gemeinsam mit Gott meistern. Es war ein Kampf, den ich aber durch Gottes Kraft durchstehen konnte. Immer wieder kann ich an diesem Versprechen festhalten, dass Gott mir auch in scheinbar ausweglosen Situationen beisteht und mich zum Sieg führt.

Magdalena, 23

Studentin (Theologie)

Begegnung

Immer wieder durfte ich Gott auf unterschiedliche Weise erfahren. Beim ersten Mal war ich gerade mal fünf Jahre alt. Während des Weihnachtsgottesdienstes wurde von Jesus geredet. Irgendwie habe ich gemerkt, dass das, was die Leute sagen, auch mit ihrem Leben verbunden ist. Sie sangen und hüpften für den Retter der Welt. In diesem Moment glaubte ich zum ersten Mal. Noch heute kann ich mich an diese unbändige Freude erinnern, die mich damals erfüllt hat. Auf einmal habe ich mich so wertvoll gefühlt.

Ein anderes Mal war ich bei einem Jugendgottesdienst. Während der Predigt wurde erzählt, dass man sich bewusst Zeit für den Heiligen Geist nehmen könne. Auch wenn ich nicht viel über den Heiligen Geist wusste, lag etwas in der Luft, das mich tief erfüllte. Gott hat mir in diesem Moment so viel Wertschätzung, Liebe und Akzeptanz entgegengebracht. Die anderen fingen an zu singen, aber mir war klar, dass dieses Gefühl nicht an der Musik und der Stimmung liegen konnte, da ich diesen Musikstil zu der Zeit verabscheute.

Hannah, 20

Reisende

Versorgung

Es war genau ein Tag, bevor ich zu einem Missionseinsatz nach Asien aufbrechen wollte. Jedoch waren noch nicht mal 30 Prozent der benötigten 1 000 Dollar gedeckt. An diesem Tag stellte ich in meiner Gemeinde vor, was ich bei diesem Einsatz machen würde. Noch bevor der Gottesdienst anfing, kam schon eine Frau auf mich zu und fragte, wieviel Geld ich noch brauchte. Sie übernahm fast die Hälfte der Kosten. Nach dem Gottesdienst kam ein weiteres Gemeindemitglied auf mich zu und wollte mich mit mehreren hundert Dollar unterstützen, was ich von ihr gar nicht erwartet hatte. Eine weitere Frau fragte mich, ob ich noch Geld brauchte. Ich sagte ihr, dass weitere 150 Dollar gut wären, um eventuelle Notfälle abdecken zu können. Sie klärte alles mit ihrem Mann ab, und als ich von ihnen einen Scheck erhielt, war dieser sogar für den doppelten Betrag ausgestellt! Gott ist treu und ich kann nur immer wieder darüber staunen, wie er mich auf wundersame Weise versorgt. Ich darf lernen, geduldig zu sein und ihm in allen Bereichen zu vertrauen.

Stephanie, 20

Auszubildende (Krankenschwester) – USA

Kleinigkeiten

Schon mehrmals hat mich Gott vor schlimmen Unfällen bewahrt. Doch viel öfter begegnet er mir in den kleinen alltäglichen Dingen wie einem Lächeln oder dem Wind, der sanft über mich streift oder sich in meinen Rücken drückt wie eine bestätigende Umarmung. Auch die warme Sonne fühlt sich oft an wie der glückliche, erfreute, liebende und stolze Blick von jemandem, der nicht anders kann, als vor Freude und Glück zu explodieren, weil etwas Wunderbares und Einzigartiges funktioniert hat, an dem er schon seit langem gearbeitet hat. In Momenten oder Zeiten, in denen ich mich alles andere als mutig, tapfer, abenteuerlich oder liebenswert empfinde, sind es genau diese Wahrheiten und kleinen Begebenheiten, welche mich an Gottes Treue, seine Versprechen an mich und seine bedingungslose Liebe zu mir erinnern. Sie bieten mir eine sichere Festung, in welcher mir der Tisch überreich gedeckt wird im Angesicht meiner Ängste, Befürchtungen und Lügen, meines mangelnden Willens und meiner Unleidigkeit, die sich mein Herz und meinen Verstand kriechen möchten.

Sarah, 28

Ergotherapeutin

Körperliche Heilung

Wir wollten im Park als Gruppe für andere Menschen beten. Schon bevor wir angefangen hatten, war ich nicht besonders gut drauf und machte Gott sogar Vorwürfe, weil ich nicht so viel mit ihm erlebte, wie ich es mir wünschte. Nach einem gemeinsamen Gebet zogen wir in Gruppen los. Der Freund, mit dem ich unterwegs war, war selbst recht unmotiviert. Zuerst fiel uns ein Junge auf, der ein paar Meter weiter weg war und humpelte. Es stellte sich heraus, dass er sich vor einem Monat beim Kricketspielen verletzt und seitdem Schmerzen am Knöchel hatte. Wir durften für ihn beten, und der Schmerz in seinem Fuß war weg. Er konnte wieder ganz normal laufen. Nebenan saßen zwei Frauen auf einer Bank, die mitbekommen hatten, was passiert war. Die eine Frau fragte, ob wie auch für sie beten können. Sie hatte Diabetes und davon immer ein Stechen in den Fingern. Während wir beteten, hatte die Frau Tränen in den Augen. Sie war sehr dankbar und berührt. Ihren Fingern ging es besser und sie meinte, dass sie etwas gespürt habe, was sie aber nicht beschreiben könne. Wir sahen eine andere Frau, die auch humpelte. Wir legten unsere Hände auf ihre Füße und beteten. Während des Gebets kicherte und grinste sie immer wieder. Dann hielt sie uns plötzlich noch ihre Hände und Knie zum Beten hin. Sie stimmte zu, dass sie etwas gespürt habe. Auch wenn sie danach wieder davonhumpelte war uns klar, dass durch das Gebet etwas passiert war. So langsam wurden wir motiviert und auch etwas übermütig.

Wir sahen eine Frau im Rollstuhl mit ihrer Familie. Nach unserem Gebet konnte sie zwar nicht laufen, aber wir konnten der muslimischen Familie einen Bibelvers mitgeben. Dann sahen wir einen Mann mit einer Gehhilfe. Während wir für ihn beteten, spürte er eine Hitze in seinen Beinen. Wir ermutigten ihn, ein paar Schritte zu gehen. Erst nahm er seine Gehhilfe, doch dann versuchte er es ohne. Er war zwar etwas wackelig auf den Beinen, aber er konnte das erste Mal seit einem Jahr wieder laufen! Noch nie hatte ich so viel körperliche Heilung auf einmal erlebt. Besonders war auch, dass Gott durch uns wirkte, obwohl wir gar nicht darauf vorbereitet und nicht motiviert waren. Er ist nicht abhängig von uns, sondern er benutzt uns, weil er uns liebt. Durch dieses Erlebnis wurde mir noch mal neu bewusst, dass ich Gottes Werkzeug bin, aber das eigentlich gar nicht verdient habe, sondern alles Gnade ist. In meiner Schwachheit war er stark.

Tobi, 20

Student (Mechatronik)

Anbetung am See

Lange Zeit waren mir die Menschen, die Gott in der Natur suchten und manchmal auch fanden, suspekt. Ich dachte, diese Leute suchten nur eine gute Ausrede, um den Gottesdienst am Sonntag zu schwänzen. Doch in den letzten Jahren hat sich meine persönliche Zeit mit Gott verändert. Wie in einer menschlichen Beziehung gibt es auch zwischen mir und Gott Höhen und Tiefen. In den letzten Jahren habe ich mir für die Sommermonate angewöhnt, schon früh am Morgen im See schwimmen zu gehen, soweit möglich. Schon auf dem Weg zum See begegnet mir oft ein Eichhörnchen, das mich über seine Schönheit staunen lässt. Die Sonne sucht sich ihren Weg durch die Baumkronen und so langsam kann ich mit allen Sinnen die Schönheit der Schöpfung Gottes wahrnehmen. Alles ist still und friedlich, weil nur sehr wenige Menschen unterwegs sind. Im Wasser fühle ich mich dann sehr wach und lebendig. Ich gleite dahin, weg vom Alltag und von allem, was mich halten und bedrücken will. Mit jedem Atemzug fließt fast automatisch ein Anbetungsgedanke und ein Dank an Gott mit.

Bärbel, 60

Erzieherin, Beraterin

Gebetshütte

Schon mehrere Jahre haben wir eine Weihnachts- und eine Gebetshütte auf dem Weihnachtsmarkt. An sich ist das schon ein Wunder, da diese Hütten von der Stadt finanziert werden, damit wir dort für Leute beten können. Dieses Jahr hatten wir verschiedene Stationen aufgebaut, an denen man Weihnachten mit allen Sinnen erleben konnte. Es gab Lobpreiszeiten und verschiedene Literatur zum Mitnehmen. Ich selbst war in der Gebetshütte und bin dort einem Iraner begegnet, der beruflich in der Stadt war. Mein Gebet hat ihn total berührt, und er hat alles, was es auf Persisch und Englisch gab, eingepackt. Dann folgte sogar noch ein Video, das er auf Facebook postete, worin er erzählt, wie er berührt wurde und ihm die Tränen gelaufen sind. Eine Frau kam in die Hütte, um sich zu bedanken. Letztes Jahr hatte sie völlig aufgelöst in der Hütte gesessen, weil sie nicht schwanger wurde. Heute erwartet sie Zwillinge. Auch ein Kind war mit ihrer Mutter und ihrer Schwester in der Gebetshütte. Die Fünfjährige ist die einzige in ihrer Familie, die an Gott glaubt, aber ihre Mutter bringt sie zumindest in den Kindergottesdienst.

Toni, 48

Krankenschwester

Halt in Jesus

Meine Geschwister und ich sind christlich aufgewachsen. Als meine zweitjüngste Schwester sich für ein Leben mit Jesus entschied, wollte ich das auch. Nach der Schule wollte ich ein Diakonisches Jahr machen, musste dieses aber abbrechen, um meiner Schwester zu helfen. Sie hatte Krebs und brauchte Hilfe in der Bäckerei und mit ihren Kindern. Nachdem sie gestorben war, hat ihr Mann wieder geheiratet. Ich konnte dann meine Ausbildung beginnen. Immer wieder erlebte ich, wie Gott mich vor Unfällen bewahrte. Ganz besonders in den letzten Jahren wurde mir mein Halt in Jesus sehr bewusst. Ich bin an Leukämie erkrankt, doch schon nach zwei Therapien ging es mir sehr viel besser. Während einer OP gab es einige Komplikationen, und ich erlitt beinahe einen Schlaganfall. Anschließend durfte ich nicht reden und wurde künstlich ernährt. Aber in diesen Herausforderungen waren meine Kinder immer für mich da und auch meine Gemeinde stand in Tat und Gebet hinter mir. Ich bin Gott so dankbar, für alles was ich mit ihm jeden Tag erleben darf und wie er mich immer wieder beschenkt.

Sieglinde, 79

Haus- und Familienpflegerin

Mauern

Mein geistliches Leben glich einer Dürre. Ich wünschte mir eine persönliche Beziehung zu Gott, aber irgendwie hat es nicht funktioniert. Egal wie oft ich Bibel gelesen oder gebetet habe, immer hatte ich den Eindruck, von Gottes Seite komme nichts. Ich verzweifelte und war irgendwann an dem Punkt, dass ich mehr darauf fokussiert war, dass ich keine Beziehung mit Gott aufbauen konnte, anstatt die eigentliche Beziehung im Blick zu behalten. Doch dann lernte ich, dass mein ganzes Bild von Gott falsch war. Ich wollte es ihm überlassen, wie er sich mir zeigt. Aber mit der Zeit hatte ich mich von Gott verletzt gefühlt und deshalb eine Mauer um mein Herz aufgebaut. Ich hatte Angst davor, Gott nah an mein Herz kommen zu lassen. Doch eines Nachts entschied ich mich, Gott zu vertrauen. Ich öffnete ihm mein Herz und bat ihn, sich mir zu offenbaren. Entgegen meinen Erwartungen durfte ich erleben, wie Gott ganz sanft und über mehrere Wochen immer wieder einen kleinen Teil der Mauern wegnahm. Darüber hinaus durfte ich lernen, dass meine Beziehung mit Gott nicht auf Erfahrungen beruhen soll, sondern auf seiner Liebe und auf den Prozessen, durch die er mich verändert. Wenn er mir ein besonders tolles Erlebnis gegeben hätte, wäre es nach ein paar Tagen vermutlich schon nicht mehr so besonders gewesen. Schnell hätte ich die Begegnung mit Gott vergessen und erneut nach ihm gerufen, weil er mir vermeintlich nicht begegnet. Stattdessen hat er mir gegeben, was das Beste für mich war. Er wusste viel besser, was für mich Grundlage für eine gute Beziehung mit ihm ist. Er musste mir zeigen, dass er sanftmütig ist. Er kam nicht als lebensverändernder Sturm, sondern wie ein leichter Regen am Morgen. Er möchte mir nicht wenige übernatürliche Erlebnisse geben, sondern mein ganzes Leben mit mir leben. Er weiß genau, was ich brauche, und will mir eine lebenslange Beziehung mit ihm schenken. Ich habe erkannt, dass es eigentlich Gott war, der diese Beziehung initiiert hat. Auch in der Zeit, in der ich versucht habe, ein Erlebnis mit Gott herbeizuführen, und daran verzweifelt bin, war er die ganze Zeit da. Er ist mein liebender Vater, mein Erlöser, mein Freund, gerechter Richter, Verteidiger und Beschützer – und noch viel mehr. Jetzt weiß ich, dass meine Beziehung zu ihm auf einem gemeinsamen Leben mit ihm basiert. Das bedeutet, mit ihm durch die Phasen meines Lebens zu gehen und mich nicht von Erlebnissen abhängig zu machen.

Dyde, 19

Studentin (*Geschichte*) - Niederlande

Dankbarkeit

Während einer Evangelisation bin ich zum Glauben gekommen. Jedoch habe ich durch einen Wohnortswechsel etwas den Zugang dazu verloren. Nachdem die Mutter einer guten Freundin gestorben war, rückte für uns beide der Glaube wieder in den Vordergrund. Wir schlossen uns einer Gemeinde an, die aufgrund weniger Mitglieder aber bald aufgelöst wurde. Zurück blieb ein Hauskreis, der bei meiner Freundin stattfand. Immer wieder durfte ich erleben, dass ich von Gott gehalten werde. Meine Freundin und ich haben im gleichen Betrieb gearbeitet. Sie war ein paar Jahre älter und durfte schon mit 58 in Vorruhestand gehen. Auch ich hatte mir gewünscht, früher gehen zu können. Aber es sah nicht danach aus, als würde es wieder einen Vorruhestand geben. Doch plötzlich hieß es, man solle sich melden, wenn man mit 58 gehen will. Ich war dabei und Gott sehr dankbar. Genau diese Zeit hatte er für mich festgesetzt. Noch heute erlebe ich, dass Gott immer bei mir ist, und jedes einzelne Erlebnis mit ihm erfüllt mich mit Dankbarkeit.

Edith, 77

Maschinenführerin

So viel mehr

Obwohl ich katholisch aufgewachsen bin und sogar in der Gemeinde mitgearbeitet habe, habe ich nie ganz verstanden, was es mit Gott auf sich hat. Mit 41 Jahren war ich im Urlaub auf Teneriffa. Schon dort, aber auch, als ich wieder zuhause war, hatte ich tagelang Schlafstörungen. Eines Tages war ich total übermüdet, als ich plötzlich zu weinen anfing. Eine Stunde lang konnte ich nicht mehr aufhören zu weinen. Es war so befreiend, da ich davor jahrelang nicht mehr hatte weinen können. Genauso erging es mir mit dem Lachen, das auf das Weinen folgte. Ich fing an zu singen, zu tanzen und Gott zu loben. In dieser Situation erkannte ich, dass Gott zu viel größer ist, als ich gedacht hatte. Auch wurde mir bewusst, dass Gott auf eine Art wirken kann, wie ich es mir nie hätte vorstellen können. Das Besondere war, dass Gott mir zusätzlich körperliche und seelische Heilung geschenkt hatte und das, obwohl ich nicht mal dafür gebetet hatte. Auch in den Jahren drauf durfte ich Gottes Liebe für mich erfahren. Zweimal war ich für klinisch tot erklärt worden, nachdem ich mir verabreichte Medikamente nicht vertragen hatte. Aber Gott hat mich wieder zum Leben erweckt.

Werner, 76

Beamter

Die Katze

Mit fünfzehn Jahren habe ich zum ersten Mal so richtig erlebt, dass Gott mein Gebet erhört hat. Ich durfte auf das Haus einer Bekannten aufpassen, die sich um Familienangelegenheiten kümmern musste, nachdem ihr Vater verstorben war. Wie erwartet war es für diese Frau schwierig, mit der Trauer umzugehen. Bevor sie ging, erzählte sie mir, wie es in ihrem Leben aussehe. An diesem Punkt war es für sie fast unerträglich. Sie hatte nicht nur ihren Vater verloren, sondern ihre Katze war mit einem unheilbaren Krebs diagnostiziert worden, und sie hatte zudem Diabetes. Während ich auf ihr Haus aufpasste, war es auch meine Aufgabe, mich um die sehr kranke Katze zu kümmern. Jeden Morgen und Abend, als ich ihr die Medikamente verabreichte, betete ich um Heilung. Ich wünschte mir, dass die Katze ihre Besitzerin trösten könnte, anstatt noch mehr Leid zuzufügen. Zwei Wochen später kam die Frau zurück, und den Sommer über dachte ich nicht mehr an die Katze. Drei Monate später begegnete ich der Frau wieder und erfuhr, dass der Krebs verschwunden war. Obwohl sie nicht gläubig war, erzählte ich, dass ich gebetet und Gott geheilt habe.

Jane, 33

Hausfrau – USA

Dank

Schon länger habe ich davon geträumt, ein Buch zu schreiben. Jetzt ist es endlich soweit, und allein hätte ich das nicht geschafft.

Als erstes will ich Gott danken, der mir die Idee für dieses Buch gegeben hat. Er ist aber auch derjenige, der in jeder einzelnen Geschichte sichtbar wird und der alle Ehre verdient.

Natürlich geht ein Dank an jeden Einzelnen, der sich die Mühe gemacht hat, sein Erlebnis mit Gott aufzuschreiben oder zu erzählen. Es ist wundervoll zu sehen, dass Gott auf so unterschiedliche Weise wirkt und ganz individuelle Begegnungen schenkt.

Ich bin dankbar für alle, die mich und dieses Projekt im Gebet und auch finanziell unterstützt haben.

Ein Dank geht auch an alle kreative Unterstützung beim Design und bei der Überarbeitung der einzelnen Texte.

ISBN 978-3-7485-2088-7
9 783748 520887 00015
www.epubli.de